Jacqueline Wilson

Aprilscherze und andere Katastrophen

Jacqueline Wilson, geboren 1945 in Bath/Großbritannien, ist Autorin von Kriminalromanen, Hörspielen und zahlreichen Kinder- und Jugendbüchern. Ihre Bücher wurden u.a. mit dem Smarties Prize, dem Children's Book Award, dem Young Telegraph/Fully Books Award und dem Sheffield Children's Book Award ausgezeichnet.

Jacqueline Wilson

Aprilscherze
und andere Katastrophen

Aus dem Englischen von Christiane Jung

Obelisk

Für Emily Eaves

Diese Ausgabe erscheint als Coproduktion
des Klopp Verlages, Hamburg mit dem Obelisk Verlag, Innsbruck/Wien

Die Originalausgabe erschien unter dem Titel
»Dustbin Baby«
First published 2001 by Doubleday,
a division of Transworld Publishers
Deutsch von Christiane Jung
Einband von Barbara Korthues
Satz: Dörlemann Satz, Lemförde
Druck und Bindung: GGP Media, Pößneck
Printed in Germany 2003
ISBN 3-85197-455-7

www.obelisk-verlag.at

Beginnen wir mit einem glücklichen Ende.

Hier sitze ich nun drinnen im Warmen und warte. Ich kann nichts essen. Mein Mund ist zu ausgetrocknet, um zu schlucken. Ich probiere es mit einem Schluck Wasser. Das Glas schlägt klirrend gegen meine Zähne. Meine Hand zittert. Ich setze das Glas vorsichtig ab und kralle die Hände ineinander. Ich drücke so fest zu, dass sich die Nägel in die Haut bohren. Ich muss das spüren. Ich muss einfach wissen, dass das hier kein Traum ist.

Vermutlich starren mich die Leute schon an und fragen sich, warum ich hier so ganz allein sitze. Aber das werde ich nicht mehr lange.

Bitte, komm jetzt.

Bitte.

Ich schaue aus dem Fenster und sehe mein blasses Spiegelbild. Und dann einen Schatten. Jemand blickt mich an. Und lächelt.

Ich lächle auch, obwohl sich meine Augen mit Tränen füllen. Warum muss ich bloß immer heulen! Ich wische mir das Gesicht heftig mit der Serviette ab. Als ich wieder zum Fenster sehe, ist es leer.

»April?«

Ich zucke zusammen. Und blicke hoch.

»April, bist du es wirklich?«

Ich nicke, immer noch weinend. Umständlich stehe ich auf. Wir sehen uns an, und dann breiten sich unsere Arme wie von selbst aus. Wir umarmen uns, drücken uns ganz fest, obwohl wir uns gar nicht kennen.

»Herzlichen Glückwunsch zum Geburtstag!«

»Das ist der schönste Geburtstag, den ich je hatte!«, flüstere ich.

Er ist beinahe vorbei – und doch fängt er jetzt eigentlich erst an.

1. Kapitel

Ich hasse meinen Geburtstag. Das erzähle ich natürlich niemandem. Cathy und Hannah würden mich für völlig bescheuert halten. Ich gebe mir so viel Mühe, wie sie zu sein, damit sie meine Freundinnen bleiben. Manchmal gebe ich mir zu viel Mühe und kopiere sie.

Es ist noch okay, wenn ich »Yeah!« schreie wie Cathy oder so krumm tanze wie Hannah. Alle normalen Freunde übernehmen irgendwelche Angewohnheiten vom anderen. Aber hin und wieder überschreite ich vor lauter Übereifer diese Grenze. Ich fing an, genau die gleichen Bücher wie Cathy zu lesen, bis sie es irgendwann merkte.

»Kannst du dir nicht was eigenes aussuchen, April?«, sagte sie. »Warum musst du mich immer nachmachen?«

»Tut mir Leid, Cathy.«

Auch Hannah wurde langsam sauer, als ich anfing, meine Haare genau wie sie zu frisieren und sogar die gleichen kleinen Spangen und Bänder und Perlen zu tragen.

»Das ist *mein* Haarstil, April«, sagte sie und zog an einem meiner winzigen Perlenzöpfe.

»Tut mir Leid, Hannah.«

Inzwischen stöhnen sie schon, wenn ich mich bei ihnen entschuldige.

»Das ist irgendwie gruselig«, sagt Cathy. »Du musst dich bei uns doch nicht entschuldigen.«

»Wir sind deine Freundinnen«, sagt Hannah.

Sie *sind* meine Freundinnen, und ich will unbedingt, dass sie es bleiben. Es sind die ersten netten normalen Freunde, die ich habe. Sie glauben, dass ich auch nett und normal bin, vielleicht von ein paar komischen Macken abgesehen. Ich werde mein Bestes tun, damit das so bleibt. Ich werde ihnen nie von mir erzählen. Wenn sie es herausfinden, sterbe ich.

Mittlerweile bin ich so gut darin, den Leuten etwas vorzuspielen, dass ich es selbst kaum noch merke. Wie eine Schauspielerin. Ich musste schon massenhaft Rollen spielen. Manchmal bin ich nicht sicher, ob überhaupt noch ein Teil von meinem wahren Ich übrig ist. Nein, mein wahres Ich ist wahrscheinlich genau *dieses* Ich, die komische kleine April, heute vierzehn Jahre alt.

Ich weiß nicht, wie ich den Tag überstehen soll. Heute ist der einzige Tag, an dem es mir schwer fällt, jemandem etwas vorzuspielen.

Marion hat mich letzte Woche gefragt, ob ich etwas Besonderes machen will. Ich habe bloß den Kopf geschüttelt, allerdings so heftig, dass mir die Haare vors Gesicht fielen.

An Cathys vierzehntem Geburtstag haben alle bei ihr übernachtet. Wir haben uns Gruselfilme angesehen und einen urkomischen unanständigen Film, bei dem wir die schrecklichsten Kicheranfälle bekamen und dem Sex für alle Ewigkeiten abschworen.

Hannah hat eine richtige Party gefeiert, eine Disko im Gemeinderaum, der mit farbigen Lichterketten und Kerzen geschmückt war, wegen der Atmosphäre. Jungs waren auch da, allerdings bloß Hannahs Bruder und seine Freunde und ein paar total traurige Typen aus unserer Klasse. Trotzdem war es klasse.

Ich fand Cathys Geburtstag wundervoll. Ich fand Hannahs Geburtstag wundervoll. Das Problem ist mein eigener. Ich will ihn einfach nur schnell hinter mich bringen.

»Bist du sicher, dass du keine Party geben willst?«, hat Marion gefragt.

Ich kann mir die Party genau vorstellen, die Marion organisieren würde: Ratespielchen und Flaschendrehen, Würstchen auf Zahnstochern und Früchtebowle, wie zu *ihrer* Jugend.

Vielleicht ist das unfair.

Es hängt mir zum Hals raus, fair zu sein.

Sie hängt mir zum Hals raus.

Das ist so gemein. Sie gibt sich so viel Mühe mit mir.

»Vielleicht könnten wir beide irgendwo essen gehen?«, schlägt sie vor, als wäre das ein besonderes Vergnügen.

»Nein, ehrlich, ich will keinen großen Wind um meinen Geburtstag machen«, sage ich und gähne, als ob mich das ganze Thema komplett langweilt.

Marion ist nicht dumm. »Ich weiß, Geburtstage sind sicher nicht leicht für dich«, sagt sie sanft.

»Nein, sie sind okay. Ich bin okay«, sage ich stur. »Ich will einfach nicht so ein Brimborium deswegen.«

Sie schluckt. Dann guckt sie mich von der Seite an. »Ich schätze, Geschenke sind nicht zu viel Brimborium?«, fragt sie.

»Geschenke hören sich gut an«, sage ich und höre sofort auf zu schmollen.

Hoffnungsvoll sehe ich sie an. Ich habe ihr oft genug eindeutige Hinweise gegeben. »Was schenkst du mir denn?«

»Wart es ab«, sagt Marion.

»Bitte, gib mir einen Tipp!«

»Auf keinen Fall!«

»Ach, komm schon. Ist es …?« Ich führe eine Hand ans Ohr.

»Wart es ab«, sagt Marion, aber sie grinst breit.

Ich bin sicher, ich habe richtig geraten. Auch wenn sie mir schon genug Vorträge darüber gehalten hat.

Marion weckt mich mit einem Geburtstagsfrühstück im Bett. Ich halte eigentlich nicht viel vom Frühstücken, aber ich setze mich trotzdem auf und versuche, begeistert auszusehen. Sie hat viel zu viel Milch über meine Cornflakes gegossen, aber es gibt Erdbeeren dazu, und sie hat einen kleinen Strauß Babylilien in ein Sektglas gestellt, das zu dem Geschirr mit dem Blumenmuster passt. Auf dem Tablett liegt auch ein Geschenk: ein kleines rechteckiges, genau in der richtigen Größe.

»Oh, Marion!«, sage ich und beuge mich vor, um sie zu umarmen.

Die Milch kleckert über das Laken, als das Tablett in Schräglage gerät.

»Vorsichtig, vorsichtig!«, meint Marion und rettet das Geschenk.

»Das gehört mir!«, sage ich und nehme es ihr ab. Es fühlt sich ein bisschen leicht an. Vielleicht ist es eins von diesen superkleinen. Ich ziehe die Schleife auf und reiße das Papier ab. Marion streicht es automatisch glatt und wickelt die Schleife ordentlich um ihre Finger. Ich hebe den Deckel vom Karton – und darin liegt eine kleinere Schachtel. Ich öffne diese Schachtel und finde noch eine kleinere. Die ist mit Sicherheit *zu* klein.

Mir fällt ein, wie irgendjemand in Sunnybank mal einem der Kleinen einen Streich gespielt hat. Er öffnete eine Schachtel nach der anderen. Zum Schluss war auch in der Streichholzschachtel nichts drin, und alle haben gelacht. Ich auch, obwohl ich am liebsten geheult hätte.

»Los, mach die nächste Schachtel auf«, sagt Marion.

»Ist das ein Scherz?«, frage ich. Sie wird doch mit mir nicht solche Spielchen spielen?

»Ich wollte nicht, dass du es so leicht errätst. Aber ich glaube, du weißt es sowieso schon. Mach sie auf, April.«

Also mache ich sie auf. Es ist die letzte Schachtel. Darin ist ein Geschenk. Aber es ist das falsche.

»Ohrringe!«

»Gefallen sie dir? Es sind blaue Mondsteine. Ich dachte, sie würden gut zu deinen blauen Augen passen.«

Ich höre ihr kaum zu, so enttäuscht bin ich. Ich war sicher, dass sie mir ein Handy schenken würde. Sie hat doch gelächelt, als ich meine Hand … dann verstehe ich. Sie dachte, ich hätte auf meine frisch durchstochenen Ohrläppchen gezeigt.

Die Ohrringe sind ein Friedensangebot. Sie hat sich so aufgeregt, als Cathy und Hannah mich eines Samstags überredeten und ich mir bei Claire's Accessories Ohrlöcher stechen ließ. Man konnte meinen, ich hätte mir die Zunge piercen lassen, so ein Theater hat sie gemacht.

»Was ist los?«, fragt sie. »Gefallen dir die Mondsteine nicht?«

»Doch. Sie sind sehr hübsch. Es ist bloß …« Ich kann es nicht mehr runterschlucken. »Ich dachte, ich würde ein Handy kriegen.«

Marion starrt mich an. »Oh, April! Du weißt doch, was ich von Handys halte.«

Das weiß ich allerdings. Ewig und drei Tage hat sie mir die Ohren voll gequasselt von wegen ›Gefahr von Hirntumor‹ und ›Störfaktor für die Gesellschaft‹ und all dem lahmen Zeugs. Als ob mich das interessieren würde! Ich will einfach bloß mein eigenes Handy haben, wie jedes andere Mädchen in meinem Alter. Cathy hat zu ihrem vierzehnten Geburtstag ein Handy bekommen. Hannah hat zu ihrem vierzehnten Geburtstag ein Handy bekommen. Jedes Mädchen bekommt zu seinem vierzehnten Geburtstag ein Handy, wenn nicht schon früher. Alle Mädchen aus der neunten Klasse haben Handys. Und die meisten aus der achten.

Ich habe das Gefühl, ich bin die Einzige ohne irgendeine Kommunikationsmöglichkeit. Ich kann weder quatschen noch witzige SMS schicken oder von meinen Freunden angerufen werden.

Ich bin außen vor. Ich bin die Außenseiterin.

Wie immer.

»Ich wollte aber ein Handy!«, jammere ich wie ein Kleinkind.

»Ach, um Gottes willen, April«, sagt Marion. »Du weißt ganz genau, was ich von Handys halte. Ich *hasse* sie.«

»Aber ich nicht!«

»Das ist eine absolut fürchterliche Erfindung – all diese lächerlichen Klingelmelodien, die überall losgehen, und diese Trottel, die sagen ›Hallo, ich sitze gerade im Zug‹ – als ob das irgendwen interessiert!«

»Mich interessiert es. Ich will mit meinen Freunden sprechen können.«

»Sei nicht albern. Du siehst sie doch jeden Tag.«

»Cathy schickt Hannah ständig SMS, und sie schickt ihr welche zurück, und dann lachen sie darüber, und ich stehe immer nur daneben – weil ich kein Handy habe.«

»Ja, das ist nicht leicht, April, aber du musst lernen, damit umzugehen. Ich habe dir immer wieder gesagt –«

»Ja, das hast du allerdings.«

»Bitte sprich nicht in diesem lächerlichen Schmollton mit mir, das geht mir unglaublich auf die Nerven.«

»Ich kann nichts dafür, wenn ich dir auf die Nerven gehe. Ich verstehe nicht, warum es so schrecklich sein soll, wenn ich ein Handy haben will, wo absolut jeder Teenager auf der Welt eins hat.«

»Sei nicht albern.«

»Wieso ist das albern? Ich möchte einfach so sein wie meine Freunde. Cathy hat ein Handy. Hannah hat ein Handy. Warum kann ich keins haben?«

»Das habe ich dir doch gerade erklärt.«

»Ja, und deine Erklärungen hängen mir allmählich zum Hals raus. Wer bist du eigentlich, mir das zu sagen? Du bist schließlich nicht meine *Mutter.*«

»Sieh mal, ich versuche nur –«

»Und ich verzichte darauf!«

Mein Mund sagt das alles ganz von allein. Plötzlich ist es ganz still im Zimmer.

Ich meinte das nicht so.

Doch, ich meinte es.

Marion lässt sich schwer auf mein Bett fallen. Ich sehe runter auf mein Frühstückstablett. Auf meine blauen Mondstein-Ohrringe.

Ich könnte sagen, dass es mir Leid tut. Ich könnte nette Dinge zu ihr sagen. Meine Cornflakes aufessen. Mir die neuen Ohrringe in die Ohren stecken, Marion einen dicken Kuss geben und ihr sagen, dass ich die blauen Mondsteine einfach super finde.

Ich wünschte nur, es wäre ein Handy. Ich verstehe nicht, was daran so schlimm sein soll. Also ehrlich, ein Handy! Will sie etwa nicht, dass ich mich mit anderen unterhalte?

Vielleicht will sie mich ganz für sich allein haben. Also, ich will das jedenfalls nicht.

Ich stehe auf, lasse mein Frühstückstablett stehen, gehe ins Badezimmer und schließe die Tür ab. Ich will Marion aus meinem Leben ausschließen. Ich will ihre blöden kleinen Mondstein-Ohrringe nicht tragen. Es ist schon *Monate* her, dass ich Ohrringe haben wollte und bei ihr wegen der Ohrlöcher gequengelt habe. Kann sie nicht einmal auf dem Laufenden bleiben? Sie geht mir derartig auf die Nerven, sie und ihre Art, nie was richtig hinzukriegen.

Ich wasche mich und ziehe mich an. Marion ist schon runtergegangen. Ich wünschte, ich könnte mich aus dem Haus schleichen, ohne sie noch mal zu sehen. Ich verstehe nicht, warum sie mir immer Schuldgefühle machen muss. Es ist schließlich nicht mein Fehler. Ich habe sie nicht darum gebeten, sich um mich zu kümmern. Ich werde diese Ohrringe nicht tragen. Ich will diese glitzernden Kleinmädchen-Ohrringe nicht an meinen Ohrläppchen baumeln haben. Es hängt mir zum Hals raus, Rücksicht auf sie und ihre Gefühle zu nehmen.

Sie steht gerade vor der Haustür und bückt sich, um die Post aufzuheben. Mein Herz macht einen Satz. Da sind drei Geburtstagskarten – aber nicht die, auf die ich gehofft habe. Obwohl es dumm ist, weil *sie* meine Adresse gar nicht kennt. Vielleicht kennt sie nicht mal meinen Namen. Wie soll sie jemals Kontakt zu mir aufnehmen?

Marion beobachtet mich. Ihr Gesicht ist vor lauter Mitgefühl total zerknittert. Ich fühle mich noch mieser. »April, ich weiß, dass es schwer für dich ist. Das verstehe ich ja.«

»Nein, das tust du nicht!«

Sie presst ihre Lippen so fest zusammen, dass sie fast verschwinden. Dann stößt sie den Atem durch die Nase aus wie ein Pferd.

»Ich weiß, dass es ein schwieriger Tag für dich ist, aber das ist kein Grund, mich anzuschreien. Du benimmst dich wie ein schmollendes, verzogenes Gör. Du hast dich noch nicht einmal ordentlich für die Ohrringe bedankt.«

»Vielen Dank!«

Das klingt sogar noch unfreundlicher, als ich eigentlich wollte. Ich spüre, wie mir vor Scham die Tränen kommen. Ich will sie nicht verletzen.

Doch, das will ich.

»Es hängt mir zum Hals raus, immer bitte und danke zu dir sagen zu müssen und mich die ganze Zeit so affig geziert zu benehmen. Ich will nicht so sein wie du. Ich will einfach nur ich selbst sein«, sage ich und stürme durch die Tür an ihr vorbei, zur Schule. Ich verabschiede mich noch nicht mal.

Ich will nicht mehr an Marion denken, weil ich mich dann mies fühle. Ich stopfe sie ganz hinten in mein Hirn. Da im Dunkeln drängeln sich noch eine ganze Menge anderer Leute.

Ich denke an mich. Ich weiß nicht, wie ich ich selbst sein soll, wenn ich allein bin. Ich weiß nicht, wer ich bin. Es gibt nur eine Person, die mir das sagen könnte, und sie kann mich nicht erreichen.

Ich denke darüber nach.

Dann gehe ich in den Zeitungsladen an der Ecke. Raj grinst mich an. »Hi, April.«

Ich gehe an der Schokolade vorbei, den Chips, den Getränkedosen. Ich sehe mir die Zeitungen an, die in ordentlichen schwarz-weißen Reihen daliegen. *The Times.* Darin stehen die Kontaktanzeigen. In Medienkunde mussten wir mal alle Rubriken analysieren.

Ich kann schlecht die ganze Zeitung durchblättern und danach suchen. Raj hat kleine Schilder an seine Regale geklebt: Dies ist keine Leihbücherei. Kein Blättern ohne Kauf.

Also kaufe ich. Raj zieht eine Grimasse. »Wirst du jetzt ernst und intellektuell, April?«, fragt er.

»Genau«, antworte ich.

»Das ist ein Scherz, stimmt's? Ein Aprilscherz?«

»Nein, ich will sie wirklich kaufen.«

»Dieses Mädchen«, sagt Raj, als wäre ich total ausgebufft.

Er kann es ja nicht wissen, aber ich schicke nie jemanden in den April. Ich stelle keine Papierkörbe auf Türen, lege keine Nadeln auf Stühle oder sage ›Vorsicht, hinter dir!‹. Ich habe an meinem Geburtstag immer das Gefühl, dass gleich irgendwas auf mich drauf fällt oder jemand sich an mich heranschleicht. Und ich sehne mich danach.

Ich gebe Raj das Geld für die Zeitung. Er betrachtet die Münzen misstrauisch, als könnten sie aus Schokolade sein. Ich habe ihn wirklich hereingelegt. Mein Trick ist, dass es eben kein Trick ist.

Es gibt keine Nachricht für mich. Ich lehne mich an die Mauer draußen vor dem Laden und kämpfe mit den flatternden Zeitungsseiten. Der April ist ein windiger Monat. Ich wünschte, ich wäre zu einer anderen Jahreszeit geboren. Was für ein Geburtstag: der erste April. Ein echt schlechter Scherz.

Manche der Anzeigen könnten verschlüsselte Witze sein. Ich verstehe sie jedenfalls nicht. Aber von ihr ist nichts dabei. Kein ›Herzlichen Glückwunsch zum Geburtstag – am 1. April denke ich immer an dich‹. Tut sie das? Ich denke immer an sie. Ich weiß natürlich nicht, wie sie so ist. Aber ich kann sie mir vorstellen.

Darin bin ich gut.

Wenn wir uns in Geschichte vorstellen sollen, wie es gewesen sein muss, ein römischer Zenturio zu sein oder eine Tudor-Königin oder ein Londoner Kind während des Blitz-Kriegs, male ich mir immer aus, jetzt da zu sein, und ich kann alles genau aufschreiben, und Mrs. Hunter gibt mir die besten Noten. Auch wenn ich mir all das so lebendig vorstelle, dass ich nicht mehr an Absätze und Zeichensetzung denke und meine gesamte Rechtschreibung den Bach runtergeht.

Aber es ist okay an dieser Schule. Wirklich. Ich habe aufgeholt. Es ist nicht wie an manchen anderen Schulen, wo alle dachten, ich wäre einfach dumm oder verrückt, oder dass sie alles über mich wüssten, und wo die Lehrer ständig flüsterten und die Augenbrauen hochzogen und die anderen Schüler mich hänselten und mir Spitznamen gaben. Oh Gott, das hört sich ja an, als wollte ich ein Klagelied anstimmen, über mein armes kleines Ich. Ich bin nicht arm, aber klein bin ich schon.

Keiner an dieser Schule kennt mich wirklich. Ich bin einfach April, und ich gehe in die neunte Klasse, und die Leute kennen mich nur, weil ich das Mädchen mit den langen, blonden Haaren bin, das mit Cathy und Hannah zusammen ist. Niemand findet mich merkwürdig, obwohl man mich manchmal damit aufzieht, dass ich so viel weine. Neulich habe ich in der Klasse losgeheult, als man uns von mittellosen Flüchtlingskindern erzählte, die ohne ihre Eltern waren. In der Pause habe ich immer noch geschluchzt. Cathy hatte den Arm um mich gelegt, und Hannah wischte mir die Augen mit einem ganzen Bündel Taschentüchern, als ein Lehrer vorbeikam und besorgt fragte, ob es mir schlecht ginge. Hannah sagte: »Das ist nur April, die weint immer«, und Cathy meinte: »Wir nennen sie April-Schauer.«

Das ist jetzt mein Spitzname. Besser als April-Scherz.

Und viel besser als Mülltonnen-Baby.

Das ist mein wahres Ich. Ich war in der Zeitung. Vermutlich ist das eine spezielle Form von Berühmtheit. Nicht viele Leute schaffen es am Tag ihrer Geburt auf die Titelseite. Aber es werden auch nicht viele Leute wie Müll weggeworfen. Ein Blick, und dann: ›Nee, wirklich, dieses Baby will ich nicht, ich schmeiß es lieber in den Müll.‹

Komische Wiege. Ein Pizza-Karton als Kissen, Zeitungen als Decke, zerknüllte Taschentücher, die als Matratze dienen.

Was für eine Mutter wirft ihr eigenes Baby in eine Mülltonne?

Nein, ich bin nicht fair. Ich glaube nicht, dass sie meinen Anblick einfach nicht ertragen konnte. Vermutlich war sie völlig verängstigt. Vielleicht wusste keiner außer ihr von dem Baby, und sie traute sich nicht, es irgendjemandem zu erzählen.

Ich male es mir aus.

Warum will sie mich nicht? Sie ist allein. Sie kann sich nicht um mich kümmern. Sie ist noch sehr jung. Darum kann sie mich nicht behalten.

Die Wehen setzen ein, und sie weiß nicht, was sie tun soll. Vielleicht ist sie noch in der Schule. Sie umklammert ihren Bauch und stöhnt auf, und das Mädchen neben ihr fragt, ob es ihr nicht gut geht. Sie kann schlecht sagen: ›Oh, keine Sorge, ich bekomme bloß ein Baby, und es ist die reinste Qual.‹ Also schüttelt sie vielleicht einfach den Kopf und sagt, sie hätte schlimme Bauchschmerzen. Vielleicht behauptet sie, dass es ihre Monatsbeschwerden sind. Vielleicht glaubt sie das wirklich! Vielleicht weiß sie gar nicht, dass sie ein Baby bekommt.

Nein, tief drinnen weiß sie es, aber sie ist so verängstigt, dass sie sich nicht erlaubt, daran zu denken. Sie hat überhaupt nichts vorbereitet, weil sie es nicht wahrhaben will. Sogar jetzt, als sie spürt, wie ich aus ihr rauskommen will, glaubt sie nicht, dass es mich gibt.

Es scheint einfach unwirklich, während sie hier beim Unterricht in der Schule sitzt. Ich frage mich, was sie am liebsten hat. Geschichte, so wie ich? Ist sie klug? Hat sie eine Menge Freunde? Vielleicht nicht. Keine enge Freundin, der sie sich anvertrauen würde. Vielleicht ist sie ein ziemlich dickes Mädchen, und niemand hat sie so genau betrachtet und gemerkt, dass sie ziemlich zugenommen hat. Sie hat große, weite Pullis getragen, den Sportunterricht geschwänzt und ist irgendwie damit durchgekommen.

Aber was ist mit zu Hause? Was ist mit *ihrer* Mutter?

Vielleicht kümmert sich ihre Mutter nicht viel um sie. Vielleicht hat sie Angst vor ihrem Vater. Darum hat sie es nicht erzählt. Sie steht niemandem zu Hause nahe.

Und so ist es passiert: Sie ist nicht die Sorte Mädchen, die mit jedem schläft. Sie ist still und schüchtern. Und bei Jungs nicht besonders beliebt. Aber vor einiger Zeit – okay, vor neun Monaten – war sie auf einer Party und fühlte sich ein bisschen ausgeschlossen, und gerade wollte sie eine Ausrede erfinden, um früh nach Hause zu gehen, aber da kommt auf einmal dieser Junge, den sie noch nie vorher gesehen hat, der Cousin von irgendjemandem, setzt sich neben sie und redet mit ihr, als ob er sie wirklich kennen lernen möchte.

Sie können sich kaum verstehen, weil die Musik so laut ist, also gehen sie in die Küche und trinken zusammen ein paar Gläser. Sie ist an Alkohol nicht gewöhnt, bisher hat sie nur mal ein paar Schlucke Wein getrunken und ein oder zwei Flaschen Bier, es hat ihr nicht geschmeckt, aber jetzt trinkt sie irgendetwas Süßes, oben drauf schwimmt Obstsalat, und es rutscht so leicht runter und gibt ihr ein gutes Gefühl. Der Junge gibt ihr auch ein gutes Gefühl. Jetzt hält er ihre Hand, sein Gesicht ist dicht an ihrem, und sie trinken noch ein Glas und dann noch eins. Es sind zu viele Leute in der Küche, also nehmen sie ihre nächsten Drinks mit in den Garten.

In der Küche war es so heiß, dass sich ihr Gesicht so rosig anfühlt wie ihr Getränk, aber draußen ist es kalt, und sie fängt an zu zittern. Er legt den Arm um sie, um sie zu wärmen.

›Glaubst du an Liebe auf den ersten Blick?‹, sagt er, und dann küsst er sie. Sie kann nicht glauben, dass ihr das endlich passiert. Es ist zu perfekt, zu schön, aber dann wird es zu hastig, zu beängstigend. Was tut er da? Nein, das will sie nicht, das nicht, bitte nicht. ›Komm‹, sagt er, ›du willst es doch auch. Ich liebe dich‹, sagt er. Es ist das erste Mal, dass jemand ›Ich liebe dich‹ zu ihr sagt, und so lässt sie zu, dass er sie liebt, und dann ist alles vorüber, und er geht davon und lässt sie allein im Garten.

Sie kann ihn nicht finden, als sie aufgehört hat zu weinen und ihre Sachen wieder in Ordnung gebracht hat und wieder ins Haus geht. Sie sucht ihn überall. Sie fragt alle Leute, ob sie ihn gesehen haben. Er heißt …

Ich weiß es nicht. Vielleicht weiß sie es auch nicht. Er ist sowieso verschwunden. Also geht sie nach Hause und weint im Bett weiter, und als sie am nächsten Morgen aufwacht, könnte alles nur ein Traum gewesen sein. Sie ist nicht sicher, ob es wirklich geschehen ist.

Sie vergisst ihn nicht. Den ganzen Tag und die halbe Nacht denkt sie an ihn, doch allmählich ist er für sie keine reale Person mehr. Als wäre er ein Rockstar, von dem man träumen könnte.

Sie denkt nicht an *Babys*. Man wird nicht schwanger, wenn man einen lebhaften Traum hat oder von einem Typen in einer Band fantasiert. Doch die Wochen verstreichen, dann die Monate. Sie weiß ganz genau, dass sich in ihrem Körper alle möglichen Veränderungen abspielen, aber sie will nicht darüber nachdenken. Jedes Mal, wenn ihr ein erschreckender Gedanke kommt, singt sie immer wieder ihren Lieblingssong, um ihre Sorgen wegzuschieben. Es ist nicht real. Das kann einfach nicht mit ihr passieren.

Aber es passiert. Es ist der 1. April, und sie kann nicht mehr ruhig auf dem Stuhl sitzen. Sie hat Angst, dass sie in aller Öffentlichkeit in eine fürchterlich peinliche Situation geraten wird, also steht sie schwankend auf und sagt ihrer Lehrerin, sie fühle sich nicht gut. Sie sieht so bleich und verschwitzt aus, dass die Lehrerin meint, sie solle lieber nach Hause gehen.

Aber sie geht nicht nach Hause. Ihre Mutter wird dort auf dem Sofa liegen und fernsehen. Sie weiß nicht, wo sie hingehen soll. Die Schmerzen werden schlimmer. Sie sind nicht mehr nur in ihrem Bauch. Sie wachsen und nehmen sie vollkommen in Besitz, sodass sie auf der Busfahrt in die Stadt nicht still sitzen kann, nicht aufhören kann zu stöhnen. Sie muss vor ihrer üblichen Haltestelle aussteigen und übergibt sich in den Rinnstein, kaum dass sie aus dem Bus gestiegen ist.

Sie fragt sich, ob das vielleicht der Grund für die Schmerzen sein kann, eine harmlose Magenverstimmung, die sie krank macht, doch die Schmerzen sind immer noch da, sie werden schlimmer und schlimmer und stürmen auf sie ein, bis sie kaum noch stehen kann. Die Leute sehen sich nach ihr um, also schleppt sie sich davon, auf der Suche nach der Damentoilette im Einkaufszentrum. Sie schließt sich in der Kabine ein und stöhnt dort so laut, wie sie will, doch schon hört sie ein Murmeln draußen, und nach ein oder zwei Minuten klopft es an der Tür.

›Geht es Ihnen nicht gut?‹

Sie antwortet nicht und hofft, dass sie einfach wieder weggehen, doch sie klopfen weiter. Sie hört Schlüssel klappern. Gleich werden sie einfach hereinplatzen.

›Ich habe bloß Magenschmerzen‹, keucht sie.

›Soll ich die Krankenschwester holen?‹

›Nein! Nein, es geht schon wieder. Ich komme raus.‹

Sie holt tief Luft und betet, dass die Schmerzen eine Minute aufhören, dann schleppt sie sich aus der Tür, an den gaffenden Gesichtern vorbei, schlurft aus der Toilette und sucht nach irgendeinem Ort, irgendwo, wo sie allein sein kann.

Sie stolpert durch das Einkaufszentrum, aus dem Hinterausgang, bis hinter das Kino. Sie sucht nach einer anderen Damentoilette, in der es keine Klofrau gibt. Die liegt in einer Gasse neben einem Restaurant namens The Pizza Place. Sie muss es bis dahin schaffen, obwohl sie kaum noch gehen kann. Sie will einfach nur diese Krankheit aus sich herauspressen.

Die Damentoilette ist verschlossen und verriegelt. Sie kann nirgendwo anders mehr hin. Es ist zu spät. Sie kann nicht mehr warten, es kommt, sie spürt es. Sie kauert sich hinter die Mülltonnen vom Pizza Place, zieht sich die Unterwäsche aus, presst und presst und presst – und plötzlich werde ich in einem heißen, glitschigen Schwall geboren.

Da liege ich in ihren gewölbten Händen. Ich sehe nicht aus wie die kleinen rosa gepuderten Babys in der Werbung. Ich bin ein Neugeborenes, krebsrot, schleimig und fremd. Ich bin immer noch nicht real. Ich bin eine Außerirdische, die mit ihrem Körper verbunden ist.

Weine ich?

Vielleicht weint sie, schluchzt vor lauter Schock, während sie in ihrer Schultasche kramt und ein Taschenmesser und Gummibänder findet. Dann umfasst sie die erschreckende Schnur und trennt uns.

Trennt uns für immer.

Sie sieht mich an.

Ich sehe sie an.

Wenn ich mich jetzt nur erinnern könnte, wie sie aussah.

Ich blicke in diese neue, helle, verschwommene Welt.

Ihre Hände halten mich.

Sie nimmt mich hoch.

Doch sie drückt mich nicht an sich. Sie öffnet mit einer Hand die Mülltonne und lässt mich mit der anderen hineinfallen.

Dann schließt sich der Deckel.

Es ist dunkel.

Ich habe sie für immer verloren.

2. Kapitel

Da liege ich nun also. In der dunklen Mülltonne.

Was tue ich?

Weinen, natürlich. Schließlich bin ich April-Schauer.

Mein Mund hat etwa den Durchmesser eines Pfefferminzbonbons, und meine Lungen sind so groß wie Teelöffel, aber ich tue mein Bestes. Ich wimmere und schreie und brülle mit zerknittertem Gesicht, die Knie gegen die Brust gedrückt, mit flatternden Fäusten.

Doch der Deckel ist zu. Mein leises Geplärre wird gedämpft. Wer soll es überhaupt hören? Sie ist weg. Und niemand kommt diesen Gang entlang, wenn die Damentoiletten verschlossen sind.

Ich gebe nicht auf. Ich schreie und schreie und schreie, bis ich so rot bin wie eine Himbeere. Die Venen schwellen auf meiner Stirn, meine spärlichen Haare werden von der Anstrengung ganz feucht. Ich bin von oben bis unten feucht, weil ich keine Windel anhabe. Ich habe überhaupt keine Kleider an, und wenn ich aufhöre zu schreien, werde ich abkühlen, und das ist gefährlich.

Ich schreie, obwohl sie nicht zurückkommt. Ich schreie, obwohl es in meiner Kehle schmerzt. Ich schreie, obwohl meine Augen geschlossen sind und ich so müde werde, dass ich am liebsten aufgeben und schlafen würde. Aber ich werde nicht aufgeben. Ich schreie …

Und dann hebt jemand den Deckel hoch.

»Hallo, Kätzchen? Bist du da drin eingesperrt? Warte, ich hole dich raus.«

Plötzliches Licht. Verschwommenes Rosa. Ein Gesicht. Nicht ihres. Ein Mann. Nein, es ist ein Junge. Frankie. Er arbeitet in der Abendschicht bei The Pizza Place als Aushilfe, neben dem Studium, obwohl ich das in dem Moment natürlich noch nicht weiß. Er ist einfach irgendwer, und ich weine verzweifelt nach Hilfe.

»Ein Baby!« Er weicht misstrauisch zurück, als wäre ich gefährlich. Sein Mund klappt auf. Er lässt den Müll fallen, den er aus der Küche hergetragen hat. Er schüttelt den Kopf, als könne er nicht ganz an mich glauben, dann berührt er mich mit einer Fingerspitze, um zu sehen, ob ich echt bin …

›Armes kleines Ding!‹ Seine Hände legen sich um mich, etwas unbeholfen, aber sehr sanft. Er hebt mich hoch und sieht mich an.

Auch sie hat mich angesehen. Ich warte darauf, dass er mich wieder in die Mülltonne wirft. Aber er schiebt mich vorsichtig unter sein Hemd, ins Warme, obwohl ich ganz feucht und schmutzig bin.

»Ganz ruhig«, sagt er und wiegt mich ein bisschen, dann hastet er den Gang hinunter zur Küche, wobei er aussieht, als wäre ihm plötzlich ein Bierbauch gewachsen.

»Was hast du denn da, Frankie?«, fragt Alice, eine der

Frauen. Sie ist alt genug, um Frankies Mutter zu sein, aber sie sind Freunde.

»Ein Baby«, sagt er ganz leise, um mich nicht zu erschrecken, obwohl es in allen Ecken der Küche klappert und scheppert.

»Na klar«, sagt sie. »Was ist das? Hat jemand eine Puppe in den Müll geschmissen?«

»Guck doch«, sagt Frankie und beugt sich vor, damit sie in sein Hemd sehen kann.

Ich murre bei seiner Bewegung und versuche, seine Haut mit meinen winzigen Fäusten zu umklammern.

»Oh, mein Gott!«, kreischt Alice so laut, dass alle angerannt kommen.

Um mich herum schnattert alles durcheinander, und Finger piksen mich.

»Hört auf! Ihr macht ihr Angst. Ich glaube, sie hat Hunger«, sagt Frankie. »Seht doch ihren kleinen Mund an. Er sieht aus, als suche er nach etwas.«

»Etwas, was du nicht hast, Frankie!«

»Was ist mit Milch?«, fragt Frankie. »Wir könnten ihr etwas Milch warm machen.«

»Dafür ist sie zu klein. Sie ist gerade erst geboren. Wir rufen lieber einen Krankenwagen«, sagt Alice. »Und die Polizei.«

»Die Polizei?«

»Na ja, irgendjemand hat sie immerhin in den Müll geworfen, oder nicht? Komm, Frankie, lass sie mich mal nehmen.«

»Nein. Ich will sie halten. Ich habe sie gefunden. Sie mag mich, guck doch.«

Ich mag Frankie. Wenn ich keine Mama haben kann, tut er es vielleicht als Papa. Ich fange an zu schreien, als die Sanitäter kommen und versuchen, mich aus seinem Hemd herauszunehmen. Ich will seine Wärme, seine Haut, seine Fürsorge.

»Seht ihr, sie mag mich wirklich«, sagt Frankie stolz. Er schiebt mich zurück in sein Hemd und steigt mit mir in den Krankenwagen. Er bleibt im Krankenhaus, während der Kinderarzt mich von oben bis unten untersucht, und wartet, während eine Schwester mich badet und anzieht.

»Hier, Frankie, du kannst dem Baby seine erste Mahlzeit geben«, sagt sie.

Sie setzt ihn hin und legt mich zurück in seine Arme. Ich fand es schöner in seinem Hemd an seiner Haut, aber so fühlt es sich auch ganz gut an, auch wenn ich mich in meinem neuen, steifen Schlafanzug nicht so richtig an ihn kuscheln kann. Frankie berührt meinen Mund mit dem Gummisauger der Milchflasche. Ich sauge mich sofort daran fest. Man braucht mir nicht zu zeigen, wie man saugt. Ich weiß es sofort. Als ich erst mal angefangen habe, kann ich nicht mehr aufhören. Alles verschwimmt. Ich vergesse meine Mutter. Ich vergesse das Krankenhaus und den Arzt und die Schwestern. Ich vergesse sogar Frankie. Es gibt nur noch die Flasche und mich. Ich will bis in alle Ewigkeit so weitersaugen. Und dann schlafe ich ein … Und als ich aufwache, ist Frankie nicht mehr da.

Ich weine. Er kommt nicht zurück.

Die Schwestern kommen und gehen.

Vielleicht, denke ich, ist das der Gang der Welt. Niemand bleibt. Doch die Zauberflasche taucht regelmäßig auf, also konzentriere ich mich darauf.

Dann heben mich plötzlich vertraute Hände aus meiner Wiege, und wieder stecke ich in einem Hemd, meine Wange an seiner Haut, Frankies Haut. Er ist zu mir zurückgekommen.

Natürlich ist er das nicht wirklich. Das hier ist nur für die Zeitungen, und ich glaube, ich schaffe es sogar ins Fernsehen, obwohl es niemand auf Video aufgenommen hat. Na ja, sie vielleicht, meine Mutter.

Hat sie die Fotos aufbewahrt, als sie am nächsten Tag in der Zeitung abgedruckt wurden? Hat sie die Artikel ausgeschnitten?

Das Mülltonnen-Baby

Den College-Studenten Frankie Smith, 17, erwartete eine Überraschung, als er gestern seine Abendschicht im Pizza Place in der High Street antrat. Ein hohes Jammern erklang aus der Abfalltonne hinter dem beliebten Restaurant.

»Ich dachte, es wäre eine Katze«, sagt Frankie. »Ich bekam den Schock meines Lebens, als ich den Deckel anhob und das Baby sah.« Frankie hat selbst zwei jüngere Brüder, auf die er schon oft aufpassen musste – also kümmerte er sich sofort um das Neugeborene. Er gab ihm

Wärme, indem er den winzigen Menschen unter sein Hemd steckte.

Frankie begleitete es ins St. Mary's Krankenhaus, wo die Ärzte das Baby untersuchten und sagten, es wäre trotz der Tortur in der Mülltonne bei bester Gesundheit. Sie glauben, es sei nur Minuten alt gewesen, als man es aussetzte. Seine Mutter bedarf ärztlicher Hilfe. Sie wird dringend gebeten, Kontakt zum St. Mary's Krankenhaus aufzunehmen, wo sie wieder mit ihrer Tochter vereint werden kann.

Das Baby war nackt, es trug nicht einmal eine Windel, und bisher gibt es keine Hinweise auf seine Identität. Es ist weiß, hat blonde Haare und wiegt gesunde 3000 g. Die Schwestern im Krankenhaus sagen, sie sei ein Schatz. Man hat sie April genannt, weil sie am 1. April gefunden wurde.

»Ich dachte wirklich, jemand würde mich reinlegen«, strahlt Frankie und drückt die kleine April an sich. »Wenn ihre Mutter sie nicht haben will – ich wünschte, ich könnte mich um sie kümmern!«

Das wünschte ich auch, Frankie.

Ich wünschte, du wärst immer noch siebzehn. Wie wir dann wohl miteinander auskämen? Ich bin immer noch klein, das kleinste Mädchen in der Klasse – in allen Klassen, in denen ich war, und das waren einige. Außerdem bin ich dünn, auch wenn Marion sich wirklich Mühe gegeben hat, mich aufzupäppeln. Milch steht bei ihr ganz oben auf der Liste: Sie gießt sie über meine Cornflakes, verrührt sie mit Müsli, mixt sie in Grießbrei, backt sie in Reispudding, verrührt sie mit Kakao, schlägt sie mit Erdbeereis zu Milchshakes. Sie ist echt einfallsreich, und es ist so gemein von mir, das Gesicht zu verziehen und mich zu schütteln, aber ich hasse Milch, auch wenn ich früher einmal vor Gier den Sauger von meinen Babyflaschen abgesaugt habe. Ich bin also wirklich klein, Frankie, aber heute könntest du mich wohl nicht mehr unter dein Hemd schieben.

Ich frage mich, wie sich das anfühlen würde. Ob du jetzt eine haarige Brust hast und einen echten Bierbauch. Du bist einunddreißig. Vermutlich hast du schon eigene Babys.

Auf dem Zeitungsfoto siehst du hübsch aus. Ich habe es mir schon so oft angesehen, es ist das reinste Wunder, dass überhaupt noch ein Bild übrig ist. Ich habe meine Nase so nah drangehalten, dass dein Gesicht und meins auf der vergilbten Seite zu Tausenden von kleinen Punkten verschwammen. Von mir kann man nur den Kopf sehen. Der Rest von mir steckt unter deinem Hemd.

Meine Augen sind geöffnet, und ich blicke dich geradewegs an. Okay, ich kneife die Augen zusammen, wegen all der Blitzlichter, aber ich sehe hoch, und du blickst zu mir runter. Du hast dieses hübsche Lächeln, als wäre ich wirklich etwas Besonderes. Vielleicht haben dir die Fotografen gesagt, dass du so gucken sollst, damit es ein gutes Bild wird. Vielleicht hast du es auch wirklich gefühlt. Aber wenn das der Fall war, warum hast du dich dann nicht gemeldet? Vielleicht ließ man dich nicht, besonders, nachdem ich adoptiert worden war. Vielleicht hast du wirklich versucht, mich zu sehen. Vielleicht war es dir ernst damit, als du sagtest, du würdest dich gern um mich kümmern.

Siebzehnjährige Jungs dürfen sich nicht um ausgesetzte kleine Mädchen kümmern. Das ist doch total verrückt. Wenn meine Mutter ins Krankenhaus gerannt wäre und darum gebettelt hätte, wieder mit mir vereint sein zu dürfen, hätte man ihr vermutlich erlaubt, sich um mich zu kümmern. Auch wenn sie mich vorher in die Mülltonne geworfen und den Deckel zugemacht hat. Einfach nur, weil wir verwandt sind. Blut ist dicker als Wasser. Sie ist die einzige Blutsverwandte, die ich kenne, und trotzdem weiß ich natürlich gar nichts über sie.

Ich denke immer an sie. Na ja, nicht immer. Eigentlich bin ich glücklich. Ich habe ein neues Leben. Viele Leute mögen mich. Ich habe ein Zuhause. Ich liebe meine neue Schule und meine besten Freundinnen Cathy und Hannah …

Was sie mir wohl zum Geburtstag schenken? Cathy schenkt mir vermutlich ein Buch. Kein Kinderbuch. Sie wird eines von diesen Mädchenbüchern mit knalligem Umschlag auswählen, in dem eine Menge Liebesszenen vorkommen. Vermutlich hat sie es vorher gelesen, aber das ist mir egal. Wir werden uns auf dem Pausenhof in eine Ecke hocken, Stellen daraus laut vorlesen und Kicheranfälle kriegen.

Hannah wird mir vermutlich Make-up schenken. Nein, Nagellack, eine echt abgefahrene Farbe, und wir werden uns in der Mittagspause gegenseitig maniküren und uns die Nägel lackieren.

Und das Mittagessen wird auch schön sein. Wir bringen unser Essen täglich von zu Hause mit, und meins ist immer besonders langweilig. (Marion steht auf Vollkornbrot und Käse und Karotten und Jogurt und Bananen und Rosinen, als wäre ich eine ausgefallene Affen-Art.) Aber an unseren Geburtstagen gehen Cathy und Hannah und ich traditionell zum Bäcker und kaufen uns große gefüllte Donuts.

Mir läuft das Wasser im Mund zusammen, während ich auf dem Weg zur Schule an die Donuts denke. Ich habe ja auch mein Geburtstagsfrühstück nicht gegessen. Jetzt will ich meinen Geburtstags-Donut. Ich will mich mit Cathy und Hannah treffen, ich will einen lustigen Geburtstag haben wie alle anderen auch. Aber ich bin nicht wie alle anderen. Ich bin ich.

Ich gehe an der Schule vorbei, jetzt etwas schneller, falls mich jemand sieht. Ich fange an zu rennen. Heute kann ich nicht in die Schule gehen. Auch nicht nach Hause. Ich muss *zurück*gehen.

3. Kapitel

»Du darfst nicht zurücksehen. Du musst nach vorne schauen.« Das hat Cathy einmal sehr nachdrücklich gesagt. Aber natürlich hat sie dabei nicht von mir gesprochen, sondern sie hat es zu Hannah gesagt. Es ging nur um diesen Jungen, mit dem Hannah einmal ausgegangen ist. Ich sage ›nur‹. Es war immerhin Grant Lacey. Wenn du auf unsere Schule gehen würdest, wärst du jetzt wirklich beeindruckt. Schon sein Name klingt nach etwas Besonderem, als wäre er ein Rockstar oder ein berühmter Fußballspieler. Wenn man die Mädchen über ihn reden hört, könnte man wirklich glauben, dass er das ist. Vermutlich wird er irgendwann mal berühmt. Er spielt im Schulorchester, klassischen Kram und ein bisschen Jazz für Konzerte, aber wir konnten in der Pause alle schon seine Gitarre hören. Er kann wirklich genial spielen, schnell und furios, obwohl er auch ganz gefühlvoll sein kann, wenn er will. Dann guckt er dir beim Singen direkt in die Augen, als ob er verliebt ist. Er kann auch toll Fußball spielen. Vielleicht ist er nicht so ultratalentiert wie die echten Fußballasse, aber das sind bloß peinliche Angeber mit viel zu vielen Muskeln. Grant ist zum Teil im Fußballteam, weil er so beliebt ist – und zum Teil, weil er geniale Beine hat, schmal, wohlgeformt und kräftig. Alle Mädchen in unserer Schule wollen sie angaffen.

Na ja, das sagen sie zumindest. Ich sage es auch und tue so, als ob ich verrückt nach Grant bin, genau wie Hannah und Cathy und alle anderen, aber im Stillen denke ich, dass er ein dummer Angeber ist. Ich finde noch nicht mal, dass er so toll aussieht. Er ist hübsch. *Zu* hübsch. Wisst ihr, wie es aussieht, wenn man die Farbeinstellung beim Fernseher zu hoch dreht und alles Rötliche zu Himbeerrot wird und das Grün aussieht wie das Gras im Teletubby-Land? Irgendwer hat bei Grant die Einstellung zu hoch gedreht, und jetzt ist sein Gesicht einfach zu gemeißelt und kantig, seine Haare zu blond, seine Augen zu blau, seine Zähne zu weiß, wenn er sein perfektes Lächeln aufsetzt. Dieses Lächeln! Ich wette, er übt es jeden Abend vor dem Badezimmerspiegel. Der eine Mundwinkel zieht sich nach oben, der andere deutet eine Spur nach unten, damit er nur nicht zu engagiert wirkt. Das Lächeln des Supercoolen. Er lächelte Hannah zu, und sie kam sofort angerannt.

Wir waren alle überrascht. Cathy und ich sind natürlich daran gewöhnt, dass die Jungs Hannah nachlaufen. Sie sehen direkt an Cathy und mir vorbei. Cathy ist groß und fröhlich, und sie springt auf die Leute zu wie Tigger aus *Pu der Bär.* Ich bin eher so wie Ferkel, klein und rosa, und manchmal trage ich meine Haare sogar zu einem kleinen Ferkelzopf. Hannah dagegen sieht mehr aus wie eine Barbiepuppe als ein Kuscheltier. Sie ist so blond wie Barbie und hat auch so eine ähnliche Figur. Die Jungs kleben ständig an ihr. Die Jungs aus unserer Stufe, nicht die Jungs aus der Elften, wie Grant. Aber Hannah singt im Chor, und manchmal üben sie nach der Schule noch zusammen mit dem Orchester, und vor ein paar Wochen hat Grant Hannah ganz nebenbei vorgeschlagen, dass sie vielleicht nachher auf dem Heimweg zu McDonald's gehen könnten.

Hannah ist zwar Vegetarierin und lehnt Fast Food völlig ab – aber sie hätte auch eine ganze Kuh roh verspeist, wenn Grant das vorgeschlagen hätte. Also gingen sie zu McDonald's, und Hannah knabberte an ein paar Fritten herum und schwebte im siebten Himmel – im *siebenundsiebzigsten* Himmel, mit Sternen über ihren Köpfen und einer ganzen Herde kleiner Kühe, die über eine Galaxie von Monden sprangen. Grant brachte Hannah nach Hause, was ein Umweg für ihn war. Hannah sagte, ihr Herz klopfte wie wild, während sie überlegte, ob er sie wohl beim Abschied küssen würde. Sie wollte ja *sooooo* gern, dass er sie küsste, und trotzdem hatte sie Angst davor und wünschte, sie hätte vorher noch ihre Zähne putzen und Lipgloss auftragen können.

Sie ließ den ganzen Weg über ein frenetisches Gebrabbel vom Stapel, bis sie vor ihrer Haustür standen. Grant schenkte ihr sein viel geübtes, berückendes Lächeln, neigte den Kopf – und küsste sie.

Hannah hielt die Luft an. Sie erzählte uns, es fühlte sich wundervoll an, aber sie war so aufgeregt, dass sie fürchtete, gleich lachen oder weinen zu müssen, außerdem wurde ihr langsam schwindelig vom Luftanhalten. Grant blickte ihr tief in die Augen, und sie war so überwältigt, dass sie alles auf einmal rausließ und ihm direkt ins Gesicht *schnaubte*. Er sprang entsetzt zurück und sah sie mit einem so komischen Ausdruck an, dass sie hilflos zu kichern anfing, prustete und keuchte und einen Lachanfall nach dem anderen bekam.

»Es tut mir so Leid«, stöhnte sie und hielt sich dabei die Seiten.

Grant schenkte ihr einen kalten, verächtlichen Blick und ging davon. Sie rief ihm nach, aber er drehte sich nicht mal um.

Sie wusste, dass sie alles ruiniert hatte, und brach in Tränen aus. Sie versuchte, sich am nächsten Tag in der Schule noch einmal richtig zu entschuldigen, aber Grant zog nur die Augenbraue hoch.

»Ich hätte wissen müssen, dass du nur ein dummes kleines Mädchen bist«, sagte er und marschierte davon.

Danach ignorierte er sie vollkommen. Die arme Hannah war am Boden zerstört. Sie schrieb ihm, aber er antwortete nicht.

Sie nahm all ihren Mut zusammen, rief ihn an und hinterließ traurige kleine Nachrichten auf seinem Anrufbeantworter, aber er rief niemals zurück. Sie lud ihn zu ihrer Geburtstagsparty ein, aber er erschien nicht.

»Wäre ich doch nur nicht so blöd gewesen«, jammerte Hannah. »Wie konnte ich mich bloß wie ein Idiot aufführen? Ihm ins Gesicht zu schnauben! Und dieses ganze

Zeug, das aus meiner Nase kam. Ich bin fast gestorben, als ich mich im Spiegel sah. Er muss ja geglaubt haben, er ist mit einer Irren unterwegs, die sich halb totlacht, während ihr grüner Schleim aus den Nasenlöchern tropft!«

Ich nahm die arme Hannah in die Arme, und Cathy hielt ihre Rede darüber, dass man nicht zurückblicken soll, sondern nach vorne sehen muss …

Aber erst Hannahs Mutter fand die richtigen Worte. Sie war so süß auf Hannahs Party und tanzte fast den ganzen Abend mit, aber als fast alle gegangen waren und Hannah anfing zu weinen, weil sie so gehofft hatte, dass Grant doch noch auftauchte, da legte Hannahs Mutter die Arme um sie, strich ihr die Haare aus den Augen und küsste sie auf die Nase und sagte, sie wäre zehnmal so viel wert wie Grant Lacey und sie würde in Zukunft *gewaltig* bessere Jungs abkriegen.

Ich habe auch angefangen zu weinen, und alle dachten, ich würde mal wieder meinen typischen April-Schauer-Auftritt haben, aus Mitgefühl für die arme Hannah. Na ja, sie tat mir wirklich Leid – aber ich war auch so eifersüchtig, dass es ein Wunder war, dass ich nicht schon überall smaragdgrün schimmerte. Ich war nicht eifersüchtig auf Hannah wegen Grant Lacey. Ich war eifersüchtig, weil Hannah eine wunderbare Mutter hat.

Ich bin sogar eifersüchtig auf Cathy und *ihre* Mutter, obwohl die sich ewig Sorgen macht und schon völlig aufgelöst am Telefon hängt, wenn Cathy mal fünf Minuten später aus der Schule kommt, und dann gibt sie ihr total peinliche Spitznamen wie Kuschelbärchen oder Speckbäckchen. Cathy windet sich immer, wenn ihre Mutter das vor uns tut. Ich schüttle mitleidsvoll den Kopf, aber ich muss heftig blinzeln, damit mir die Tränen nicht über die Wangen kullern.

Ich will eine Mama, die mit mir kuschelt und mich küsst. Ich will eine Mama, die sich um mich sorgt. Ich will eine Mama, die mich bemuttert.

Ich sage natürlich kein Wort darüber zu Cathy und Hannah. Sie glauben ja, ich hätte eine Mama. Sie haben Marion erst ein paar Mal getroffen. Vielleicht waren sie überrascht, dass sie so viel älter ist als ihre Mamas, aber sie haben nichts gesagt. Sie fanden es offenbar cool, dass ich sie mit ihrem Vornamen anrede.

»Hast du denn zu Marion ›Mama‹ gesagt, als du klein warst?«, wollte Cathy wissen.

Ich bin ausgewichen, indem ich gesagt habe, ich hätte sie immer Marion genannt.

Ich kann jetzt nicht damit anfangen, zu Marion ›Mama‹ zu sagen.

Ich habe zu einigen Frauen ›Mama‹ gesagt. Ich kann mich nicht mal mehr daran erinnern, wie die erste aussah. Patricia Williams. Das ist der Name aus meiner Akte. Es ist ein dicker Ordner voll mit allen möglichen Schnipseln und Briefen und Berichten. Mein Name steht zwar drauf, aber ich durfte nie auch nur den kleinsten Blick hineinwerfen – bis ich zu Marion zog. Sie bestand darauf. Sie meinte, es sei ihr völlig egal, wie die Regeln lauten, und es wäre mein moralisches Grundrecht, meine Vergangenheit zu kennen. Marion hatte eine super Art, ihren Willen durchzusetzen, sogar gegen erfahrene Sozialarbeiter. Sie schreit nicht. Sie diskutiert noch nicht mal. Sie stellt einfach die Dinge leise, aber bestimmt fest. Also haben sie nachgegeben und mir den randvollen Ordner überreicht. *Dies ist dein Leben, Mülltonnen-Baby.*

Natürlich kannte ich schon viel daraus. Als ich klein war, habe ich ein Sammelalbum von meinem Leben angelegt. Sie mögen es nicht, wenn man das Wort ›Sammelalbum‹ benutzt, weil sie einem nicht das Gefühl geben wollen, dass du aus kleinen Wegwerf-Zetteln bestehst. Obwohl ich mich genau so fühle. Kennt ihr diese Papiergirlanden, die man bastelt, indem man ein Blatt Papier ein paar Mal faltet und zum Beispiel eine Mädchenform ausschneidet? Sie sehen alle gleich aus, aber man kann sie unterschiedlich anmalen und der einen Figur eine Brille verpassen und der anderen knalligen Lippenstift und sich verschiedene Muster für ihre Kleidung ausdenken. Ich bin wie diese Papierpuppen. Mein ganzes Leben habe ich dieselbe Form gehabt, doch jedes Mal, wenn ich in ein neues Zuhause kam, hat jemand mich anders angemalt.

Patricia Williams war meine erste Mama, auch wenn sie mich nicht adoptierte. Sie nahm Kinder in Pflege. Das hatte sie schon seit Jahren getan, und Babys waren ihre Spezialität, also holte sie mich aus dem Krankenhaus, als ich ein paar Tage alt war, und sie kümmerte sich um mich bis kurz vor meinem ersten Geburtstag.

Ich wüsste gern, ob sie sich noch an mich erinnert. Wenn ich mich doch bloß an sie erinnern könnte! Ich habe diesen Traum, in dem mich jemand hochhebt und mich an sich drückt und mich küsst. Cathy hat ein Traumtagebuch und schreibt all ihre Träume da hinein. Einmal saßen wir gemütlich aneinander gedrängelt in einer Ecke des Pausenhofes und sprachen über unsere Träume, und dieses eine Mal vergaß ich alle Vorsicht und erzählte ihnen von meinem wiederkehrenden Traum. Gott sei Dank johlten sie schon vor Lachen, bevor ich überhaupt fertig war, weil sie alles total missverstanden und dachten, dass ich von einer romantischen Begegnung mit einem Jungen träumte. Ich ließ sie in dem Glauben, weil es weniger peinlich war als die Wahrheit. Normale Menschen träumen nicht davon, Babys zu sein. Ich weiß nicht, wem die Traumarme gehören. Jedenfalls nicht meiner Mutter. Sie hat mich nicht an sich gedrückt und mich geküsst. Vermutlich hat sich mich eher an den Fußgelenken gepackt und mich direkt in die Mülltonne gestopft.

Also habe ich vielleicht von dieser ersten Stiefmutter, Mrs. Williams, geträumt? In meinem Kopf habe ich ein Bild von ihr, sie ist groß und weich und riecht nach Toast und frischer Bügelwäsche. Ich wünschte, sie würde mich jetzt in die Arme nehmen. Okay, das klingt verrückt. Aber ich wünschte es wirklich.

Ich werde versuchen, sie zu treffen. Ich habe ihre Adresse aus den Akten. Vermutlich ist sie schon vor Jahren weggezogen, aber ich will trotzdem das Haus sehen. Vielleicht kommt es mir vertraut vor. Und wenn sie *doch* immer noch da sein sollte, erkenne ich sie vielleicht wieder.

Ich weiß, dass ich mich nicht einfach so allein auf den Weg machen sollte. Ich sollte es vorher mit Marion besprechen. Aber ich will ihr nichts davon erzählen. Sie würde mitkommen wollen. Ich will sie aber nicht dabeihaben. Ich will es allein tun.

Das ist schon seltsam. Ich bin eigentlich noch nie allein irgendwohin gegangen. Na ja, ich flitze mal zu den Läden an der Ecke, um für Marion die Zeitung zu kaufen, und sie hat mir bereits zugetraut, ein geschnittenes Vollkornbrot und ein Glas Honig zu kaufen, und manchmal suche ich ein Video aus – aber sonst gehe ich nirgendwo hin, außer zur Schule.

Mit Cathy und Hannah bummele ich an manchen Samstagen durch die Fußgängerzone, und wir gehen zusammen ins Kino, und wir sind auch einmal zu der Unter-Achtzehn-Party im *Glitzy* gegangen (totale Katastrophe: Ein paar Mädchen fanden Hannahs Tanzstil ziemlich uncool und lachten sie aus, ein paar andere meinten, Cathy würde einem ihrer Freunde schöne Augen machen, und drohten ihr, und einer der Rausschmeißer drinnen weigerte sich zu glauben, dass ich vierzehn war – na ja, ich war es immerhin *fast* –, und schickte uns alle nach Hause). Und auch da sind wir nicht allein nach Hause gegangen. Cathys Papa kam und holte uns ab. Er machte sich totale Sorgen, als er uns alle *drei* in Tränen aufgelöst antraf.

Ich bin nicht gerade daran gewöhnt, mir den richtigen Zug rauszusuchen und so was. Aber Mrs. Williams wohnt in Weston, und das sind nur ein paar Stationen mit dem Zug. Das ist nicht schwer.

4. Kapitel

Kein Problem, von wegen! Weston ist riesig, und ich habe keinen Stadtplan. Ich frage mindestens zwanzig Leute, ob sie die Straße kennen, die ich suche. Jemand schickt mich direkt wieder aus der Stadt raus, dann wird mir erklärt, dass alles komplett falsch ist, und ein anderer schickt mich wieder rein. Man weist mich zu einer baumgesäumten Straße neben dem Fluss mit großen, schicken Häusern, und ich fange an zu glauben, dass ich mein Leben in vorstädtischem Luxus begonnen habe, aber dann wird aus der Straße eine Auffahrt, und ich stelle fest, dass ich auch hier falsch bin. Schließlich stapfe ich den ganzen Weg zurück zum Bahnhof und nehme ein Taxi. Ich habe fünf Pfund in Münzen und eine Fünfpfundnote in der Schultasche. Ich sitze nur ein paar Minuten im Taxi, aber die Uhr steht schon auf £ 2,80. Ich gebe dem Fahrer drei Pfund und denke, das müsste in Ordnung sein, aber er sagt irgendwas total Fieses über die Großzügigkeit meines Trinkgelds. Ich entschuldige mich und gebe ihm stattdessen die Fünfpfundnote. Er fragt, ob ich etwas zurückhaben will. Das will ich, aber ich traue mich nicht, Ja zu sagen, also fährt er einfach davon und lässt mich stehen, mit rotem Gesicht und dem Gefühl, klein und dumm zu sein.

Ein Mädchen mit knallroten Stachelhaaren sitzt auf der Gartenmauer und beobachtet mich. Sie trägt einen sehr kurzen Rock und ein enges, bauchfreies T-Shirt. Über dem Bauchnabel sieht man einen kleinen Regenbogen. Ich *glaube*, es ist Filzstift, aber es könnte auch eine echte Tätowierung sein, obwohl das Mädchen wahrscheinlich nicht viel älter ist als ich.

In den Armen hält sie ein Baby, ein zappelndes, feuchtes Bündel, das sabbert und quengelt. Das Baby ist groß und unförmig, aber sie hantiert fachmännisch mit ihm herum, so dass es schließlich auf ihren knochigen Knien liegt. Als sie so tut, als wolle sie ihm auf den Bauch schlagen, gurgelt es vor Vergnügen.

»Du musst ja mehr Geld als Verstand haben«, sagt sie. »Wirf ruhig auch ein paar Pfund zu mir rüber.« Zum Glück lächelt sie dabei.

Ich lächle zurück. Ich muss die ganze Zeit verwundert das Baby anstarren.

»Das ist mein drittes«, sagt sie. »Meine anderen beiden sind im Kindergarten.« Als sie mein Gesicht sieht, kriegt sie einen Lachkrampf.

»Das war ein Witz!«

»Oh!«

»Es ist schließlich der erste April, oder?«

»Ja, stimmt«, antworte ich. »Es ist eigentlich mein Geburtstag.«

»Oh, na ja, dann herzlichen Glückwunsch! Wie heißt du?«

»Rate mal.«

»Oh-oh! April?«

»Jap. Und du?«

»Tanya.«

Das Baby auf ihrem Schoß gurgelt.

»Yeah, Freundchen, okay. Er sagt, sein Name ist Ricky.«

Das Baby kreischt vor Vergnügen, als sie seinen Namen sagt, dann sabbert es Tanyas Bein von oben bis unten voll.

»Igitt!«, sagt Tanya, nimmt eines seiner Wollschühchen und benutzt es als Wischlappen. Dann guckt sie mich aus schmalen grünen Augen an.

»Schwänzt du etwa die Schule?«

»Nein.«

»Ach, komm. Du hast deine Schuluniform an, du Idiot.«

»Okay. Schwänzt du auch?«

»Ich hab im Moment gar keine Schule. Werde immer noch eingewöhnt. Aber lass uns nicht von mir reden. Über mich gibt es dicke Aktenordner und Mappen.« Sie sagt es voller Stolz, das Kinn in die Luft gereckt. »Also, warum bist du hier? Willst du dich mit Pat treffen?«

»Ich weiß nicht«, murmel ich. »Pat? Ist das … Patricia Williams?«

»Genau. ›Tante Pat‹ für alle kleinen Kinder. Oh, jetzt versteh ich. Warst du mal eins davon?« Sie lacht. »Ich bin ziemlich schnell von Begriff. Aber du siehst gar nicht aus wie eins von Pats Kindern. Hörst dich auch nicht so an.«

Ich schlucke. Seit ich bei Marion wohne, habe ich wieder angefangen, auf meine Sprache zu achten. »Ich red bloß so hochgestochen, um dich zu beeindrucken, klar?«, sage ich mit meiner alten Kinderheim-Stimme.

Sie lacht. »Yeah, du bist auch schnell von Begriff, April. Also, willst du mit reinkommen und Pat treffen?«

»Vielleicht ist es doch keine so gute Idee«, sage ich, plötzlich verunsichert.

»Sie ist okay«, sagt Tanya. »Komm schon.«

Sie steht auf und setzt sich das Baby auf die Hüfte. Mit der freien Hand nimmt sich mich am Arm. Ich lasse mich zur Haustür ziehen.

Sie ist angelehnt. Tanya stößt sie mit ihren hochhackigen Sandalen auf. Der Eingang ist schäbig, Gekrakel auf der Tapete und Legoteile und Spielzeugautos auf dem ganzen Teppich. Das Haus riecht nach Essen und Windeln und Waschmittel. Ich sauge den Geruch ein und überlege, ob er mir bekannt vorkommt.

»Pat? Wir haben Besuch«, ruft Tanya und zieht mich durch den Flur in die Küche.

Die Frau steht am Herd, während zwei kleine Jungs zu ihren Füßen Topfdeckel gegeneinander schlagen. Sie sieht genauso aus, wie ich sie mir vorgestellt habe: weich, gemütlich, rosa Wangen, kein Make-up, alte Hose, ausgebeultes Jeanshemd, verschrammte Schuhe. Aber das Prickeln hinten im Nacken will sich nicht einstellen, nicht das kleinste Kitzeln. Ich erkenne sie nicht wieder. Sie erkennt mich auch nicht wieder, auch wenn sie mich fröhlich anlächelt.

»Hallo, meine Liebe«, sagt sie. »Wer bist du denn?«

»Ich bin April«, sage ich. Ich warte.

»April«, sagt sie freundlich. »Das ist ein hübscher Name. Und er passt heute besonders gut.«

»Darum hat man mich ja so genannt. Erinnern Sie sich nicht? Ich bin April, das Mülltonnen-Baby.« Ich hasse es, das zu sagen. Es klingt so dämlich. So melodramatisch. Total bemitleidenswert. Ich habe das Gefühl, als hätte man mich gleich wieder in die Mülltonne geschoben, wo der Müll um mich herum vergammelt.

»Was redest du da, April? Was für eine Mülltonne?«, will Tanya wissen.

»Da hat man mich gefunden. An dem Tag, an dem ich geboren wurde«, murmele ich.

»Oh, super. Wie *gemütlich*«, sagt Tanya und zieht die Augenbrauen hoch.

»Ja, natürlich, jetzt erinnere ich mich an dich«, sagt Pat. Sie schüttelt lächelnd den Kopf. »Du warst klein, aber ziemlich laut. Du hast nachts sehr viel geweint. Ich bin mit dir auf und ab gegangen, auf und ab, aber du hast immer weiter geschrien. Drei-Monats-Kolik – aber es hat viel länger gedauert.«

»Vielleicht hat sie ihre Mama vermisst«, sagt Tanya. »Hat sie dich wirklich in die Mülltonne gestopft, April?«

Ich nicke und hoffe, dass ich nicht gleich anfange zu weinen.

»Supermütterlich, deine Mama«, meint Tanya. »Mochte sie dein Aussehen nicht, oder was?«

»Also wirklich, Tanya, ich dachte, gerade du würdest es

besser wissen. So redet man nicht von der Familie anderer Leute. Wer sind wir denn, über sie zu urteilen?«, sagt Pat. »Manche Frauen werden sehr krank, wenn sie Babys kriegen. Gefühlskrank. Sie können nicht damit umgehen. Sie lassen ihre Babys an allen möglichen Orten. In Telefonzellen. Ich hatte sogar mal einen armen kleinen Wurm bei mir, den man auf der Toilette liegen gelassen hatte.«

»Ich hoffe, du hast ihn gründlich gewaschen, bevor du ihn mit nach Hause genommen hast«, meint Tanya. »Hast du das gehört, Ricky? Am besten hörst du auf, mich voll zu sabbern, Freundchen, sonst kommst du ins Klo.«

»Tanya!«, sagt Pat glucksend. »Rühr mal das Hackfleisch um, während ich euch beiden was zu trinken hole.«

»Für mich Bacardi Cola, Pat. Und was willst du, April?«, fragt Tanya.

»Klar. Bacardi Cola. Leider ist der Bacardi gerade alle«, sagt Pat. »Willst du auch Cola, April?«

»Ja, bitte.«

»Wo wohnst du denn jetzt, Liebes? Wissen die, dass du hier bist?« Sie versucht, ganz locker zu klingen, aber offensichtlich versucht sie, mich auszuhorchen. »Du hast doch nicht geschwänzt, oder?«

»Oh, nein. Ich – ich hatte gerade einen Zahnarzttermin in der Nähe, und da dachte ich, ich könnte einfach mal vorbeikommen und mir ansehen, wo ich mal gewohnt habe.«

»Das ist ja nett! Also, wie ich schon sagte, ich erinnere mich gut an dich, April.«

Tut sie nicht. Sie tut es wirklich nicht. Ich bin einfach eines von Dutzenden von Babys, das in all den Jahren hier war, und wir sind alle zu einem kleinen, quengelnden Findelkind verschwommen.

»Bei wem wohnst du jetzt?«, will Tanya wissen. »Ist deine Mama zurückgekommen und hat Anspruch auf dich angemeldet?«

»Nein, ich wurde adoptiert.«

»Hmmm«, seufzt Tanya. »Meine kleine Schwester wurde auch adoptiert. Es ist leichter, wenn man klein und süß ist.«

»Siehst du sie ab und zu?«

»Nö. Na ja, nicht oft genug. Die meinen, es destabilisiert sie. Natürlich tut es das. Sie vermisst mich wie verrückt. Und ich vermisse sie.«

»Wir wissen, dass es für dich sehr schlimm ist, Tanya«, sagt Pat und legt den Arm um sie. Tanya schiebt den Arm mit der Schulter runter.

»Mir geht's gut. Kein Grund zum Mitleid. Und jetzt habe ich Mandy. Die Kleine von gegenüber. Sie ist irgendwie wie eine kleine Schwester. Hast du irgendwelche Schwestern, April? Adoptierte Schwestern?«

Ich schüttele den Kopf.

5. Kapitel

Wir waren bloß zu dritt. Janet und Daniel Johnson adoptierten mich. Sie gaben mir meinen Nachnamen, Johnson. Sie wollten mir auch einen neuen Vornamen geben, Danielle, nach meinem neuen Vater. Aber ich reagierte nicht darauf, sah noch nicht mal hoch, so oft sie mich auch damit riefen. Das erzählten sie mir, als ich älter war, und lachten, aber man sah genau, dass es immer noch ein bisschen an ihnen nagte.

»Du warst wirklich erst ein Baby – und ansonsten meistens ein liebes kleines Mädchen«, sagte Mutti.

»Du wolltest einfach nicht Papas kleines Mädchen sein«, sagte Daddy und zog ein bisschen zu fest an meinem Zopf.

Das wollte ich allerdings nicht. Nicht *sein* Mädchen. Und ihres auch nicht, wenn ich ehrlich bin.

Stimmt das wirklich? Vielleicht habe ich sie damals geliebt. Manchmal vermisse ich *sie* noch.

Tanya beobachtet mich.

»Komm doch 'ne Weile mit rauf in mein Zimmer, April«, sagt sie. »Ich hab mir am Samstag diese Wahnsinnsschuhe geholt. Die musst du einfach sehen.«

»Ja, das Geld war eigentlich für Schulkleidung gedacht«, sagt Pat und rührt ein bisschen zu schnell in ihrem Hackfleisch. »Als wenn du mit diesen Absätzen je in der Schule auftauchen könntest.«

»Na ja, noch habe ich ja keine Schule, warum soll ich also das Geld an langweilige Kinderklamotten verschwenden?«, sagt Tanya. »Komm, April.«

Sie setzt Ricky auf dem Fußboden ab, steckt ihm einen Schnuller in den Mund und schiebt mich die Treppe rauf.

Tanya teilt sich das Zimmer offenbar mit einem der Babys. Es ist lila und flauschig, es gibt ein Lämmchen-Mobile und eine passende Lampe. Ich frage mich, ob das hier einmal mein Zimmer gewesen ist. Habe ich je in dieser abgestoßenen alten Wiege in der Ecke geschlafen?

Tanya sieht meinen Blick und zieht die Augenbrauen hoch.

»Yeah, dieses süße Zimmer ist echt fies. Aber wart's nur ab, bis ich erst mal meine eigene Wohnung habe. Ich hab das alles schon genau geplant. Ich will eins dieser umgebauten Warenhaus-Lofts, alles mit poliertem Holz, weißen Teppichen und mattschwarzen Möbeln, so eine Art Minimalstil.«

»Hört sich toll an«, sage ich höflich, als hätte sie die Wohnung tatsächlich schon.

»Yeah«, sagt Tanya und seufzt. Ihr Blick trifft meinen. »Von wegen!«

Ich lache mitfühlend.

»Aber ich könnte doch Glück haben. Ich werde mit Sicherheit nicht adoptiert wie meine kleine Schwester, dafür bin ich jetzt zu alt, aber wart noch ein paar Jahre, dann treffe ich vielleicht einen reichen Typen, der mich irgendwo schick unterbringt. Dann kann meine Schwester kommen und bei mir wohnen – oder vielleicht meine Freundin Mandy von gegenüber. Wir spielen zusammen immer diese Spiele, sie und ich. Wir malen uns alles aus. Lach nicht.«

»Ich spiele auch manchmal solche Spiele.«

»Und deine neuen Eltern? Die dich adoptiert haben? Irgendwas sagt mir, dass ihr nicht gerade die Familie aus der Fernsehwerbung seid«, sagt Tanya.

»Stimmt genau. Na ja, wir sind überhaupt keine Familie mehr«, sage ich und lehne mich gegen die kleine Wiege. Ich fummel am Gitter herum und lasse es herunter, bis ich mich auf den Rand setzen kann. Ich kämpfe gegen den verrückten Wunsch an, mich total klein zu machen und mich selbst in die Wiege zu kuscheln. Ich streiche die Decke mit der kleinen Eisenbahn darauf glatt.

»Deine neue Mama hat dich doch nicht auch in die Mülltonne gestopft, oder?«, will Tanya wissen.

»Nein. Ich schätze, sie war okay«, sage ich und falte die Decke. Die kleine Eisenbahn wird zu einer Ziehharmonika zusammengeschoben.

»Was denn?«, sagt Tanya. Ihr Ton hat sich geändert. Sie hockt sich neben mich. »Ist sie tot?«

»Mmm.«

»Hat sie Krebs gekriegt oder so was?«

»Nein, sie …«

»Versteh schon«, sagt Tanya sanft. »Yeah, *meine* Mama ist von einer Brücke gesprungen.«

Eine Weile lang schweigen wir. Tanya muss ich nichts vorspielen. Mit ihr kann ich wirklich reden. Aber es gibt ein paar Dinge, die man einfach nicht erzählen kann.

»Und dein Vater?«, fragt Tanya schließlich.

»Ach, der!«

»Aha«, sagt Tanya. »Und bei wem bist du jetzt? Doch nicht im Kinderheim, oder?«

»Eine Weile war ich da. Ich habe überall gewohnt. Aber jetzt habe ich eine neue Stiefmutter, Marion. Sie ist okay. Aber sie ist nicht wie eine *echte* Mutter.« Ich schweige und streiche die Decke wieder glatt. Die Eisenbahn sieht aus, als hätte sie ein schlimmes Zugunglück hinter sich.

»Bist du deshalb gekommen? Um dir Pat anzusehen?«, will Tanya wissen.

»Ich dachte – ach, das ist so dämlich, ich war ja erst ein Baby, aber ich dachte, ich würde mich vielleicht an sie erinnern. Wie ist sie so, Tanya? Sie wirkt … nett.«

»Sie ist nett, schätze ich. Na ja, sie nervt ein bisschen, aber das ist ja irgendwie mütterlich, oder nicht? Sie kann mit allen Babys gut umgehen. Sie wird nie sauer, auch wenn die sich die Lunge aus dem Hals schreien, und sie wird auch nie sauer mit mir – aber das liegt vielleicht daran, dass ich ihr nicht so wichtig bin. Ich bin bloß ein heikles Mädchen, das man ihr aufgenötigt hat, so wie einen Gast. Sie gibt sich Mühe, dass ich mich hier wohl fühle, aber wenn ich weg bin, wird sie mich nicht vermissen.«

Ich glaube, sie hat mich auch nicht vermisst. Ich war elf Monaten hier, aber ich war nie *ihr* Baby. Ich war bloß eines von vielen, das sie gefüttert und gewickelt und versorgt hat.

»Wo willst du denn hingehen, Tanya?«

Sie zuckt die Schultern. »Frag mich nicht. Dies hier ist bloß eine Übergangslösung, bis sie etwas anderes für mich gefunden haben.« Sie knabbert an einem Fingernagel und sieht mich von der Seite an. »Diese Marion – sie ist wohl nicht zufällig auf Teenager spezialisiert, oder?«

»Nicht wirklich. Ich glaube, ich bin bloß eine Ausnahme, weil sie mich vorher kannte. Aber ich könnte sie ja fragen –«

»Nein, nein, ich bin hier ganz gut aufgehoben für den Moment. Und ich will mit Mandy befreundet bleiben. Wie ich schon sagte, wir sind wie Schwestern.«

»Und ihre Mutter könnte dich nicht aufnehmen?«

Tanya grinst. »Ich glaube, ihre Mutter kann mich nicht ausstehen. Ich übe einen schlechten Einfluss auf ihr kostbares kleines Schnuckelchen aus.«

»Mich hat man auch mal einen schlechten Einfluss genannt.«

»Dich!« Tanya kriegt einen Lachanfall. »Du bist doch das reinste Lamm in zwei Schuhen.«

Ich muss auch grinsen. »Das gehört alles zur Show. Hey, wo sind denn nun *deine* Schuhe?«

»Ach ja.« Und Tanya hebt die unglaublichsten glänzend rosa Kroko-Sandalen mit hohen Absätzen in die Höhe.

»Wow! Ja, genau das Richtige für die Schule!«, sage ich, als Tanya damit herumstolziert.

»Kann ich sie auch mal anziehen?«

»Klar.«

Ich mache ein paar vorsichtige Schritte. Dann sehe ich mich im Schrankspiegel und kriege einen Lachanfall.

»Das ist nicht fair. Dir stehen sie toll, aber ich sehe einfach nur bescheuert damit aus.«

»Nein, du siehst gut aus – aber versuch, den Hintern nicht so rauszustrecken. Schwing mit den Hüften.«

»Ich habe keine Hüften«, sage ich und stolpere herum.

»Probier mal diese. Die sind nicht ganz so hoch«, sagt Tanya und gibt mir ein leuchtend blaues Paar mit Keilabsätzen. »Yeah, die haben noch einen Reißverschluss und halten besser. Und guck mal, sie passen super zu diesem Jeanshemd. Versuch mal. Es ist ein Designerteil, hier.« Und sie zeigt auf das Etikett.

»Hat Pat das für dich gekauft?«

»Du machst wohl Witze. Nein, die weiß von den meisten Sachen gar nichts.«

Ich denke an die älteren Kinder in Sunnybank und daran, wie sie ihre Kleiderschränke aufgebessert haben. »Hast du es geklaut?«

»Natürlich nicht«, sagt Tanya, aber dabei blinzelt sie mir zu. »Ein oder zwei kleine Teile sind mir vielleicht in die Tasche gefallen, okay? Du bist doch nicht schockiert, oder?«

Ich schüttle den Kopf und versuche, cool auszusehen.

Tanya lacht. »Klaust du auch hin und wieder Sachen, April?«

Ich zucke die Schultern. Ich wollte nie etwas klauen. Noch nicht mal eine Tafel Schokolade aus dem Süßigkeitenladen. Nicht mal eine Pommes von einem anderen Teller. Aber man hat mich gezwungen. Es ist mir egal, ob Tanya eine Diebin ist. Wie Pat schon gesagt hat: Wer sind wir, um über andere zu richten?

Na ja, ich kann mir gut vorstellen, was Marion dazu sagen würde.

Marion.

Ich frage mich, was passiert, wenn ich nicht in der Schule auftauche. Ob sie bei Marion anrufen? Nein, natürlich nicht. Vermutlich merken die Lehrer noch nicht mal, dass ich nicht da bin. Aber Cathy und Hannah werden sich Sorgen um mich machen. Vor allem, weil heute mein Geburtstag ist. Vielleicht rufen sie in der Mittagspause zu Hause an.

Ich werde jetzt sofort gehen.

Aber ich gehe nicht. Ich bleibe in Tanyas Zimmer und probiere die Hälfte ihrer Klamotten an. Sie sehen an mir total schrecklich aus. Ich wirke immer noch wie ein Baby. Sogar Tanyas bauchfreie Tops schlabbern an mir herum. Ich habe eben keine Brüste, um ihnen Halt zu geben.

»Vielleicht brauchst du ein bisschen Make-up«, schlägt Tanya vor.

Also schmiere ich mir etwas ins Gesicht und frisiere mir dann die Haare zu einem Haufen auf dem Kopf, von dem dünne Strähnen um meine kajalumrandeten Augen fallen. Ich stopfe ein paar Socken in einen BH, klettere in die fies-rosa Highheels und stütze eine Hand in die Hüfte.

Ich sehe immer noch aus wie eine Zehnjährige.

»Vielleicht bist du noch nicht so weit, um auf die Piste zu gehen«, sagt Tanya.

»Na ja, Marion würde mich sowieso nicht weglassen«, sage ich und wische das meiste Make-up wieder weg.

»Und du tust immer, was sie sagt?«

»Manchmal. Sie ist ein bisschen altmodisch. Etwas hinter dem Mond. Sie hat ein monstermäßiges Theater gemacht, als ich mir die Ohrläppchen durchstechen ließ. Allerdings hat sie mir zum Geburtstag ganz besondere Ohrringe geschenkt«, sage ich schuldbewusst.

»Ach ja, ich habe ganz vergessen, dass es dein Geburtstag ist.« Tanya wühlt in ihrer Schminktasche. »Wo ist denn dieser Glitzerkram? Aha!« Sie zückt eine spezielle kleine Tube von Claire's Accessories. »Das ist für dich. Davon habe ich nur ein kleines bisschen benutzt. Herzlichen Glückwunsch!«

»Meinst du das ernst? Danke!«

»Klar mein ich das ernst, Dummerchen. Hier, ich mach es dir drauf.«

Ich stolziere in Tanyas Kleidern und mit glitzernden Wangen herum – und dann seufze ich und ziehe wieder meine Schuluniform an. »Ich gehe jetzt lieber.«

»Das hast du schon mal gesagt. Bleib zum Essen, komm schon.«

Also sitze ich am Küchentisch mit Tanya und Pat und den drei kleinen Jungs, die alle in ihren Hochstühlen festgeschnallt sind. Die beiden Kleinkinder schaufeln sich selbst ihr Essen in den Mund (und auf den Schoß), während Pat löffelweise Hackfleisch in Rickys aufgesperrten Schnabel schiebt. So muss sie auch mich gefüttert haben. Mein Mund öffnet sich wie bei einem Vogelbaby. Ich stelle mir vor, wie sie mir das Kinn sauber wischt und meine zusammengepressten Händchen und mich dann mitnimmt, um mir die Windel zu wechseln und mich in mein Bettchen zu stecken.

»Ja, Mäuschen, Happa-Happa, das ist lecker, und jetzt wird schön heia-heia gemacht«, hat sie auch zu mir gesagt. Ich habe zurückgegurgelt und Geräusche wiederholt. Ich nehme an, ich habe mein erstes Wort zu ihr gesagt. Aber ›Mama‹ war es wohl nicht.

Sie hat mich aufgesetzt, mich hingelegt, mich in die Luft geworfen. Sie hat mich über den Teppich krabbeln sehen und mich getröstet, wenn ich mir den Kopf stieß. Sie hat mich auf ihren Töpfen trommeln und den Honiglöffel ablecken lassen, sie hat Krabbelmäuschen auf meiner Handfläche gespielt und mich gekitzelt, bis ich vor Freude quietschte. Vielleicht hat sie sich genau wie eine

Mutter benommen, aber als ich fortging, hat sie mich vergessen.

Vielleicht hat meine richtige Mutter mich auch vergessen.

Mutti hätte sich erinnert.

Ich sollte mich auch an sie erinnern.

6. Kapitel

Nach dem Mittagessen verabschiede ich mich von Pat. Sie nickt und lächelt, während sie mit einem der kleinen Jungs beschäftigt ist, der sich Vanillesoße in die Locken geschmiert hat. Sie nimmt mich nicht in die Arme oder küsst mich.

Tanya umarmt mich.

»Meld dich mal, Mülltonnen-Baby«, sagt sie. »Wie ist deine Handy-Nummer?«

»Ich habe keine«, sage ich seufzend. »Marion erlaubt es nicht. Sie nervt damit rum, dass man davon Hirntumore kriegt, und sie sagt, Handys sind eine Belästigung für die Gesellschaft. Ich dachte trotzdem, sie würde mir eins zum Geburtstag schenken – aber hat sie nicht.«

»Na ja, hier ist meine«, sagt Tanya mitfühlend und überreicht mir eine richtig gedruckte Visitenkarte mit ihrem Namen darauf und einem computergemalten Mädchen mit roten Haaren und dem Spruch MELD DICH MAL. Sie hat MELT geschrieben, aber das würde ich ihr nie im Leben sagen.

Sie zieht einen flauschigen rosa Terminkalender raus und schreibt Marions Telefonnummer neben *Meine Freundin Ayprel*.

Ich bin richtig aufgedreht, weil wir jetzt Freundinnen sind. Wir umarmen uns noch mal, und dann marschiere ich los, als wüsste ich genau, wohin ich will.

Na ja, ich weiß es schon. Ich bin nur nicht ganz sicher, wie ich dahin komme. Auf ein Taxi habe ich keine Lust mehr. Ich gehe ins Stadtzentrum und finde einen Wegweiser zum Bahnhof. Ich kaufe eine Tageskarte nach London und rolle mich dann in der Ecke eines Abteils zusammen, starre durch das Fenster auf all die Hinterhöfe und denke an Mutti.

Sie hat mich adoptiert. Ich kann mich daran erinnern, wie sie mich zum ersten Mal auf den Arm nahm. Lavendel. Zarter Lavendelpuder und zarte Lavendelbluse, die sich ganz glatt anfühlte.

Das stelle ich mir so vor. Ich kann mich nicht wirklich an die Zeit erinnern, als ich ein Jahr alt war. Aber sie haben es mir so oft erzählt. Ich kann mit geschlossenen Augen ihren Puder riechen und ihre Seidenbluse fühlen. Wenn ich an sie denke, sehe ich immer einen blasslila Nebel.

Zu jedem Geburtstag und auch an Weihnachten schenkte ich ihr Yardley's Lavendelseife und eine Dose mit Lavendelpuder. Und jedes Mal rief sie: »Oh, April, Liebling, was für eine wunderbare Überraschung!«, obwohl es die vorhersehbarsten Geschenke der Welt waren und sie mich aus den Augenwinkeln beobachtet hatte, als sie mich in der Drogerie in die richtige Ecke schob, um mir beim Einkaufen zu helfen.

Ich nannte ihn ›Papa‹, und sie nannte ich ›Mutti‹. Sie riefen mich die ersten paar Monate ›Danielle‹, versuchten es mit ein paar Variationen – Dannie, Ella –, doch mit achtzehn Monaten antwortete ich jedem, der nach meinem Namen fragte: April.

Konnte ich das wirklich? Ich glaube, das haben sie nur so gesagt. Das war eine von Muttis Geschichten. Vielleicht hat sie die Hälfte erfunden. Ich habe selbst massenweise Geschichten erfunden und weiß jetzt nicht mehr, was Wirklichkeit war. Sie scheinen nicht real zu sein. Ebenso wenig wie ich. Vielleicht habe ich mich deshalb an den Namen April geklammert. Damit fühlte ich mich real.

Mein Name blieb also April, und Mutti und Papa mussten die Kröte wohl oder übel schlucken. Es gab eine Menge Kröten in unserer Beziehung.

Mutti konnte mich nicht besonders gut im Arm halten. Ich war schon immer klein und leicht, aber ich war ein sehr quirliges kleines Mädchen, und ich schätze, sie hatte einfach Angst, mich fallen zu lassen. Zum Essen schnallte sie mich in meinem Stuhl fest. Beim Baden ankerte sie mich in einer Ecke der Wanne mit einem riesigen aufblasbaren Seepferdchen. Beim Spazierengehen gurtete sie mich in meinem Buggy an. Nachts sperrte sie mich in mein Gitterbettchen. Sie nahm mich niemals auf den Arm oder wirbelte mich durch die Luft oder trug mich auf der Hüfte herum. Manchmal, wenn ich weinte, setzte sie mich auf ihren Schoß, aber sie war unter ihrem weichen, glatten Rock so angespannt wie eine Feder, und ich rutschte schon bald aus eigenem Antrieb wieder herunter.

Papa stand unheimlich auf Schmusen, aber ich war nicht so sicher, ob ich mit ihm schmusen wollte. Er spielte liebend gern mit mir Bär, krabbelte auf allen vieren herum und brummte wie ein Wilder. Im wirklichen Leben war er auch wie ein Bär. Er konnte lustig sein, auch freundlich, aber manchmal verlor er plötzlich die Geduld und brüllte los. Ich hatte immer das Gefühl, er könnte mich mit einem Prankenschlag töten. Er sah sogar aus wie ein Bär mit seinen dicken braunen Locken und dem dichten Bart und den Haaren am ganzen Körper, sogar auf Rücken und Schultern. Seine Beine waren schwarz vor Haaren, so dass die Füße käsebleich wirkten, auch wenn die Haare sogar oben auf seinen Zehen wuchsen. Er schien stolz auf seine Behaarung zu sein, und am Strand trug er immer eine kurze Badehose.

Mutti trug einen Badeanzug, allerdings mit einem Sarong um die Hüfte und einer Strickjacke um die Schultern geknotet. Ich war sehr blass, also ölte sie mich mit Sonnenschutzmittel ein, bis ich so fettig war wie eine Tüte Pommes, und ich musste langärmlige T-Shirts tragen und einen Sonnenhut, der so groß war, dass er mir auf der Nase saß.

Ich durfte kein Eis essen, weil Mutti nicht wollte, dass ich gefrorene Keime aß. Wenn wir auf den Jahrmarkt gingen, waren Hotdogs und Hamburger verboten, weil Mutti auch was gegen aufgewärmte Keime hatte. Sie hielt mich auf Armeslänge über öffentliche Kloschüsseln, damit dort kauernde Keime keine Chance hatten, auf meinen Po zu klettern.

Papa machte alles anders. Er kaufte mir Rieseneisbecher mit Sahne und kandierten Kirschen. Er nahm mich auf dem Jahrmarkt mit in jedes Karussell, sogar ins Riesenrad, obwohl sich mir der Magen umdrehte und sich dann nach außen stülpte und ich den ganzen Weg nach unten spucken musste und irgendein armer Kerl fürchterlich voll gekleckert wurde. Papa brüllte jedes Mal vor Lachen, wenn er diese Geschichte erzählte. Er nannte es einen richtig schlechten Witz. Mutti schauderte es immer. Sie hatte einen schwachen Magen, und wenn ich mich zu Hause mal übergeben musste oder noch Schlimmeres, dann würgte sie schon beim Aufwischen. Sie zog immer ein ganz neues Paar rosa Haushaltshandschuhe an und warf dann alles zusammen in einer fest verschlossenen Plastiktüte weg.

Ich frage mich, ob sie das Gefühl hatte, mit meiner Adoption einen Fehler gemacht zu haben. Vielleicht hätte sie mich heimlich auch gern in eine große Plastiktüte gesteckt und mich in die Mülltonne geworfen, wo ich hingehörte. Vielleicht stimmt das auch nicht. Sie hat mich nie in den Arm genommen, aber jeden Abend, nachdem sie mich auf die Stelle über meiner Wange geküsst hatte, flüsterte sie in die Dunkelheit: »Ich habe dich sehr lieb, April. Du hast unser ganzes Leben verändert und uns so glücklich gemacht.«

Mutti und Papa wirkten nicht besonders glücklich.

Mutti seufzte oft mit schmerzverzerrtem Gesicht und hängenden Schultern. Manchmal seufzte sie so laut, dass sie sich entschuldigend die Hand auf den Mund presste, als leide sie an Verdauungsstörungen.

Papa litt tatsächlich an Verdauungsstörungen und rülpste und furzte pausenlos. Mutti ignorierte diese Eruptionen und erwartete von mir dasselbe. Papa war auch oft übel. Ich dachte, er wäre vielleicht krank, aber als ich älter wurde, merkte ich, dass das immer dann passierte, wenn er spät nach Hause gekommen war. Zu Hause trank Papa nicht viel, aber im Pub kippte er ein Bier nach dem anderen. Darum roch er auch so merkwürdig.

Mutti beschwerte sich nicht darüber, aber sie konnte nicht aufhören zu seufzen. Papa fing an, die halbe Nacht wegzubleiben.

Ich konnte nicht verstehen, warum Mutti das so störte. Ich fand es gut, wenn Papa aus dem Weg war. Ich wollte Mutti für mich ganz allein haben. Sie sollte mir helfen, meine Barbiepuppen anzuziehen, mit meinen Stiften kleine Kinder und Kätzchen und Schmetterlinge zu malen, rote und grüne Glasperlen aufzufädeln, damit ich Rubinketten und Smaragdarmbänder tragen konnte. Manchmal gab sie sich richtig Mühe und zog Barbie ihr Partykleid an und malte eine Katzenfamilie und überhäufte mich mit Schmuck. Zu anderen Zeiten saß sie einfach nur seufzend da, und wenn sie endlich die Tür hörte, sprang sie so plötzlich auf, dass Barbie auf dem Kopf landete und die Stifte und Perlen über den Teppich rollten.

Eines Morgens war Papa auch zum Frühstück noch nicht wieder da, und Mutti aß nichts, sondern trank den ganzen Tag nur Tee, und ihr Löffel machte beim Rühren klink, klink, klink, klink. Papa kam nach der Arbeit zur normalen Zeit nach Hause, aber er hatte einen großen Strauß rote Rosen dabei. Den drückte er Mutti in die Arme. Sie hielt ihn kraftlos in der Hand und sagte nichts. Er nahm eine einzelne Rose aus dem Strauß und steckte sich den Stiel quer in den Mund. Dann zog er Mutti in seine Arme und begann einen wilden Tango – er stapfte den Flur rauf und runter und bog Mutti nach hinten. Sie protestierte, aber dann kicherte sie hilflos. Auch Papa grinste, und die Rose fiel ihm aus dem Mund und wurde in den Teppich gestampft. Mutti rannte nicht gleich nach dem Staubsauger. Sie blieb in Papas Armen und lächelte.

Ich starrte sie an.

»Oh, sieh mal April«, sagte Papa. »Da ist aber jemand plötzlich eifersüchtig!«

Er versuchte, mich zum Tanzen zu bewegen, aber ich hockte mich in die Ecke des Flurs und nuckelte am Daumen. Ich war kein bisschen eifersüchtig. Ich wollte nicht mit Papa tanzen. Ich war nur wütend, dass Mutti so leicht herumzukriegen war.

Ich schätze, sie betete ihn an. Darum nahm sie auch so viel von ihm hin. Sie muss den Mund gehalten haben, als man die beiden vor meiner Adoption ausquetschte. Schließlich mussten sie sich als das perfekte Paar präsentieren. Vielleicht war Papa in Muttis Augen auch perfekt. Auch wenn er ihr keine Kinder schenken konnte. Darum war sie so wild darauf, mich zu adoptieren. Sie dachte, es wäre der beste Weg, ihn an sich zu binden. Ihm seine eigene kleine Tochter zu schenken. Die kleine Danielle. Nur dass ich das Spiel nicht ordentlich mitspielte, und darum funktionierte es auch nicht.

Papa blieb wieder weg. Und wieder und wieder. Er kam noch einmal mit einem Strauß Blumen nach Hause. Dann kam er betrunken nach Hause. Dann kam er schäumend vor Wut nach Hause und brüllte Mutti und mich an, als wäre alles unsere Schuld.

Dann kam er gar nicht mehr nach Hause. Mutti wartete den ganzen Tag. Und noch eine Nacht. Dann rief sie im Büro an. Ich weiß nicht, was er zu ihr sagte.

Ich fand sie neben dem Telefon auf dem Teppich sitzen, die Beine ausgestreckt und steif wie meine Barbiepuppe. Tränen liefen ihr über die Wangen. Sie versuchte nicht, sie wegzuwischen. Sie putzte sich noch nicht einmal die Nase, obwohl sie tropfte und lief. Ich hockte mich verängstigt neben sie.

»Mutti?« Ich lehnte mich an sie und wollte, dass sie mich in die Arme nahm. Sie rührte sich nicht, also wickelte ich stattdessen meine Arme um ihren Hals. Sie schien es gar nicht zu bemerkten.

»Mutti, bitte, rede mit mir!«

Sie antwortete nicht, auch als ich ihr direkt ins Ohr schrie. Ich dachte, sie könnte vielleicht tot sein, aber sie blinzelte hin und wieder mit ihren von Tränen verklebten Wimpern.

»Es ist alles gut, Mutti, ich bin ja hier«, sagte ich, aber natürlich war gar nichts gut.

Es war ihr vollkommen egal, ob ich da war oder nicht. Nein, das stimmt nicht. Es war ihr nicht egal. Sie versuchte, sich in den nächsten Wochen um mich zu kümmern. Sie wusch sich zwar selbst nicht mehr und zog jeden Tag dieselbe alte Jogginghose und Weste über ihr Nachthemd, wenn sie mich in die Schule brachte oder abholte, aber sie überwachte immer noch jeden Abend mein Bad und steckte meine Arme jeden Tag in frische Blusenärmel. Sie war nicht ganz systematisch. Sie dachte an meine Schuluniform, vergaß aber den wachsenden Haufen schmutziger Socken und Unterwäsche, so dass ich eines Tages in einer von Muttis großen weißen Nylonunterhosen in die Schule gehen musste, die an der Hüfte mit einer Sicherheitsnadel befestigt war. Es dauerte ewig, bis ich die Nadel in der dunklen Schultoilette geöffnet hatte, und ich machte mir ein bisschen in die Hose, aber niemand merkte es. Ich versuchte, die feuchte Unterhose zu Hause im Badezimmer mit Seife zu waschen. Das schien zu funktionieren, also wusch ich meine gesamte Unterwäsche und hängte sie über den Badewannenrand und an die Wasserhähne. Aber ich hatte sie nicht ordentlich durchgespült, so dass sich danach alles steif und unbequem anfühlte und kratzte.

Mutti konnte keine Mahlzeiten mehr kochen. Sie schien überhaupt nichts mehr zu essen und trank nur noch eine

Tasse Tee nach der anderen, auch ohne Milch, nachdem uns die ausgegangen war. Ich aß meine Cornflakes direkt aus der Packung. Ich aß eine Menge in der Schule, weil wir zum Abendbrot alle Dosen mit gebackenen Bohnen im Schrank aufbrauchten. Ich aß gebackene Bohnen auf Toast, und als wir das ganze Brot aus der Tiefkühltruhe gegessen hatten, aß ich nur noch gebackene Bohnen. Als Mutti nur noch dasaß und vor sich hin starrte, aß ich kalte gebackene Bohnen.

Eines Tages konnte ich sie nicht dazu bringen, die Dose zu öffnen. Ich versuchte es selbst mit dem Dosenöffner, aber ich konnte nicht herauskriegen, wie man es machte, und schließlich schnitt ich mich. Es war nur ein winziger Schnitt an der Spitze meines Daumens, aber ich erschreckte mich so sehr, dass ich losheulte. Auch Mutti brach in Tränen aus und schluchzte, es täte ihr so Leid. Sie sagte, sie wäre eine nutzlose Mutter und eine schreckliche Ehefrau, und es sei kein Wunder, dass Papa uns verlassen hätte. Ohne sie wäre er viel besser dran, und ich wäre ohne sie auch besser dran.

Sie sagte das immer wieder und immer lauter, und ihr Gesicht wurde vor lauter Aufregung ganz rot. Ich war so verängstigt, dass ich nickte, weil ich glaubte, sie wollte meine Zustimmung.

7. Kapitel

Ich will nicht mehr daran denken. Sonst fange ich nur wieder an zu weinen. Und dann gibt es nicht April-Schauer, sondern April-Springflut.

Da sitze ich nun in einer Ecke dieses staubigen alten Zuges und schniefe vor mich hin. Eigentlich sollte ich doch einen besonders schönen Tag haben. Es ist immerhin mein Geburtstag. Ich will nicht an Todestage denken. Irgendwie ist es komisch: Jedes Jahr kommt man an das Datum seines eigenen Todestages und weiß es gar nicht. Außer, man wählt ihn sich selbst.

Das hat sie getan. Mutti. Sie glauben, ich könnte mich nicht mehr daran erinnern, weil ich nie wieder darüber gesprochen habe. Nicht mit den Sozialarbeitern, nicht mit dem Kinderpsychologen. Noch nicht mal mit Marion. Sie glauben, mit fünf ist man zu klein, um sich später daran zu erinnern, was völlig verrückt ist, weil ich mich an jede Einzelheit dieses Tages erinnere. Ich habe mal einen Sozialarbeiter sagen hören, ich hätte es wahrscheinlich aus meinem Gedächtnis gewischt. Ich weiß nicht, wie sie sich das vorstellen. Dass ich einen Tafelschwamm genommen habe und damit wisch, wisch über mein Gehirn gefahren bin, bis es dann blitzsauber war, so gut wie neu, und keine Erinnerung mehr an einen schmutzigen Selbstmord darin?

Er muss wirklich sehr schmutzig gewesen sein. Sie hat sich im Badezimmer die Pulsadern aufgeschnitten. Sie wollte nicht, dass ich es sehe. Am Sonntagabend schloss sie sich im Badezimmer ein, nachdem sie eine Nachbarin am Ende der Straße angerufen hatte, um sie zu bitten, mich am nächsten Morgen in die Schule zu bringen, weil sie sich nicht wohl fühlte. Es war ein netter Plan, aber ich habe ihn ihr vermasselt.

Ich wachte früh auf und musste ins Bad – aber natürlich war abgeschlossen. Ich drehte am Türknopf. Ich klopfte. Ich rief.

»Mutti? Bist du da drin? *Mutti!*«

Sie war nicht in ihrem Bett. Sie saß auch nicht in der Küche und trank Tee. Sie musste im Badezimmer sein. Zuerst wurde ich nicht allzu panisch. Ich war schon daran gewöhnt, dass Mutti mir nicht antwortete, wenn sie in dieser Stimmung war. Vielleicht war sie im Badezimmer eingeschlafen? Sie schien nachts überhaupt nicht mehr ins Bett zu gehen, deshalb nickte sie während des Tages oft ein. Ich klopfte wieder und wieder. Ich hatte Angst, dass ich mir in die Hose machen würde, also watschelte ich mit zusammengepressten Knien nach unten und kämpfte mit dem Riegel der Hintertür, bis ich mich selbst in den Garten hinauslassen konnte. Hinten im Garten gab es eine dunkle Toilette in einem Holzverschlag. Ich hasste sie, weil ich Angst vor den Spinnen hatte. Sie krabbelten über meine nackten Füße, und ich schrie laut auf, aber ich schaffte es, nicht mittendrin aufzuspringen. Ich ging wieder zurück in den Garten und wusste nicht, was ich jetzt tun sollte. Ich blickte hoch und sah, dass das Badezimmerfenster oben offen stand.

»Mutti!«, rief ich hoch. »Mutti, bitte!«

Sie antwortete nicht. Mrs. Stevenson von nebenan spähte aus ihrem Schlafzimmerfenster. Sie und Mutti hatten mal Streit gehabt wegen der lauten Musik von Stevenson junior, also schlich ich mich davon wie die Spinnen, weil ich Angst hatte, sie würde mit mir schimpfen.

»April! April, lauf nicht weg! Ich rede mit dir.«

Ich war schon an der Hintertür, aber ich konnte irgendwie nicht hereinkommen.

»April!«

Zögernd drehte ich mich um. Mrs. Stevenson lehnte sich weit aus ihrem Schlafzimmerfenster. Sie hatte ihr Nachthemd an. Aus meiner Perspektive konnte ich eine Menge rosa Brust erkennen.

»Warum bist du um diese Uhrzeit schon im Garten? Wo ist deine Mutter?«

»Im Badezimmer«, sagte ich und brach in Tränen aus. Ich schluchzte und brachte eine Menge Dinge über abgeschlossene Türen heraus. Nach einer Minute tauchte auch Mr. Stevenson neben seiner Frau am Fenster auf. Die Haare standen ihm zu allen Seiten ab, und er trug eine Weste statt eines Pyjamas. Mr. Stevenson konnte ziemlich wütend werden. Ich hatte Angst, er würde mich anbrüllen, weil ich ihn geweckt hatte, aber zu meiner Überraschung kamen beide herunter und hinaus in *ihren* Garten. Dann holte Mr. Stevenson eine Leiter, hob sie über den Zaun, kletterte hinterher und lehnte sie dann gegen die Rückwand unseres Hauses, direkt neben das Badezimmerfenster.

Ich wurde langsam sehr aufgeregt, weil ich wusste, dass Mutti entsetzt wäre, wenn sie plötzlich Mr. Stevensons dickes rotes Gesicht sehen würde. Ich bettelte Mr. Stevenson an, nicht hochzuklettern, aber er erklärte mir, dass Mutti vielleicht in Ohnmacht gefallen sei.

Mr. Stevenson war allerdings derjenige, der beinahe in Ohnmacht fiel, als er oben auf der Leiter angekommen war und hineinsah.

Er schwankte einen Augenblick, dann kletterte er wieder nach unten, wobei seine Füße immer wieder die Sprossen verfehlten und er fast herunterfiel. Als er unten war, holte er ein paar Mal tief Luft und presste dabei die Hand auf den Mund. Kleine Schweißperlen liefen ihm die Stirn hinunter.

»Joe? Geht es dir nicht gut?«, rief Mrs. Stevenson über den Zaun.

»Ist was mit Mutti? Was ist mit Mutti los?«, flüsterte ich.

Er zuckte zusammen, als hätte er mich total vergessen. Er sah entsetzt aus.

»Wo ist dein Papa, April?«

»Ich weiß nicht. Ich will zu Mutti!«

»Na ja … es geht ihr nicht so gut«, sagte er. »Du kommst besser ein bisschen mit zu uns, während ich ein paar Leute anrufe, damit sie nach deiner Mama sehen.«

Er nahm mich an der Hand. Seine war feucht, und ich wollte sie nicht halten. Ich wollte auch nicht mit ihm gehen. Ich wusste, dass Mutti das nicht mögen würde. Aber ich schien keine andere Wahl zu haben. Ich musste tun, was man mir sagte.

Er hob mich über den Zaun zu Mrs. Stevenson. Ich schämte mich in meinem Nachthemd und hatte Angst, dass man meinen Po sehen könnte. Sie nahm mich mit in ihr Haus. Es roch komisch nach Essen, und alles sah sehr hell aus, mit orangefarbenen Wänden und gelben Küchenmöbeln. Ich musste blinzeln, weil es so seltsam war, in einem Haus zu sein, das genauso aussah wie unseres, aber seitenverkehrt und ganz verändert. Es war wie in einem Traum. Ich fragte mich, ob ich vielleicht wirklich noch träumte, weil alles so verwirrend war. Ich wollte, dass Mutti kam und mich aufweckte.

Aber sie war diejenige, die schlief. Das sagten sie mir.

Ich musste bei Mrs. Stevenson bleiben, während Krankenwagen und Polizeiwagen draußen vorfuhren. Es wurde so viel gepoltert und geschrien, dass man Tote damit hätte aufwecken können. Leider funktionierte das nicht.

Mrs. Stevenson sah mich immer wieder besorgt an. Sie wollte mir nicht sagen, was los war. Sie versuchte, mich abzulenken, indem sie mir ein großes Glas Milch ein schenkte. Ich war nicht mehr besonders wild auf Milch, aber ich mochte es ihr nicht sagen, damit sie mich nicht für unhöflich hielt.

»Trink es nur schön aus, Liebes«, sagte sie, also strengte ich mich an, auch wenn sich mir bei dem Milchgeruch der Magen umdrehte und sie beim Schlucken sauer schmeckte. Ich nahm einen Schluck und noch einen und noch einen, bis ich mich so voll Milch fühlte, dass ich schon erwartete, sie würde mir aus dem Mund laufen und aus den Ohren spritzen.

»So ist es schön, Liebes, hier hast du noch was«, sagte sie und füllte mein Glas noch mal.

Ich schluckte immer noch, als die Polizistin kam. Sie hockte sich neben mich.

»Hallo, April«, sagte sie. Ihre Stimme war seltsam. Sie blickte mir nicht richtig in die Augen. Mir krampfte sich der Magen zusammen, und die Milch wurde zu ranziger Butter.

»Ich will zu meiner Mutti«, flüsterte ich.

Die Polizistin blinzelte ziemlich viel. Sie tätschelte meine Hände.

»Ich fürchte, Mutti ist eingeschlafen«, sagte sie.

Ich war daran gewöhnt, dass Mutti schlief. »Man muss sie ordentlich schütteln, dann wacht sie auf.«

»Ich fürchte, Mutti kann nicht mehr aufwachen«, sagte sie. »Sie wird jetzt für immer schlafen.«

»Aber sie ist im Badezimmer! Hat sie sich in die Badewanne gelegt?«

Sie hatten sie aus der Wanne gehoben und sie eingewickelt und mitgenommen. Es gab keine Spur mehr von ihr, als sie mich schließlich zurück ins Haus ließen. Die Polizistin half mir dabei, einen kleinen Koffer zu packen, und erklärte mir, sie würde mich zu einer netten Frau bringen, die eine Weile auf mich aufpassen würde. Vermutlich dachte sie an eine Art Tante Pat.

Doch dann erreichte irgendjemand Papa in seinem Büro, und er platzte plötzlich ins Haus.

»Wo ist meine arme kleine April?«, rief er und raste in mein Zimmer, riss mich in seine Arme und drückte mich an sich. Er drückte zu fest. Ich erbrach die ganze Milch über den Rücken seines Anzugs.

8. Kapitel

Ich bin erstaunt, dass Papa keinen Rückzieher machte, nachdem er sich den Anzug abgewischt hatte. Aber er nahm mich mit in seine neue Wohnung. War es seine Wohnung – oder eher ihre? *Sie* hieß Sylvia. Es gibt ein dämliches Lied, das heißt ›Wer ist Sylvia, was ist sie?‹, und Papa sang es ständig. Ich wusste genau, wer Sylvia war. Sie war Papas neue Freundin. Ich wusste auch, *was* sie war: Sie war böse, denn sie hatte Papa von Mama fortgelockt.

Vielleicht ist das nicht fair. Ich weiß nicht, wie sie sich kennen gelernt haben und wann sie ihre Affäre begannen. Ich wusste nur, dass Papa vielleicht bei Mutti geblieben wäre, wenn Sylvia nicht aufgetaucht wäre, und dass sie sich dann nicht die Pulsadern aufgeschnitten hätte.

Ich durfte Mutti nicht sehen. Niemand erzählte mir, was sie getan hatte, aber ich hörte sie flüstern. Ich stellte mir Mutti mit ihrem Damenrasierer vor, und ihren blassen Körper und das knallrote Badewasser. Für mich war klar, dass es *ihre* Schuld war: die von Papa und Sylvia.

Ich musste bei Sylvia bleiben, während Papa zur Beerdigung ging. Ich verstand nicht richtig, was eine Beerdigung sein sollte, also wollte ich auch nicht unbedingt mitkommen. Papa kaufte mir eine neue Barbiepuppe und eine große Packung Wachsmalstifte und farbiges Malpapier und einen Stapel Bilderbücher, aber ich fasste nichts davon an. Ich bat um eine Schere und schnitt damit Bilder aus Zeitschriften aus. Sylvia stand unheimlich auf Modemagazine, und ich schnitt vorsichtig schlaksige, lange Models mit dürren Armen und Beinen aus. Die Zunge im Mundwinkel, umrundete ich jedes eckige Handgelenk und jeden knochigen Knöchel, wobei ich hin und wieder unbeabsichtigt Amputationen vornahm.

Sylvia gab mir ein altes Schreibheft und einen Pritt-Stift, aber ich wollte kein Album kleben. Ich wollte meinen Papiermädchen die Freiheit lassen. Man sagte mir, sie hießen Naomi und Kate und Elle und Natasha. Aber jetzt waren es meine Mädchen, und ich nannte sie Rosalind und Viola und Iris und Hortensia. Bei den Wachsmalstiften wurde ich schwach, und ich malte in die schwarz-weißen Modekleider meiner Mädchen rosa und lila und gelbe und blaue Blumenmuster, damit sie zu ihren Namen passten.

»Das war die *Vogue* von diesem Monat«, sagte Sylvia verärgert, aber die meiste Zeit über sprachen wir nicht miteinander. Sie kochte mir das Mittagessen und beobachtete mich dann misstrauisch. Vielleicht war sie diejenige gewesen, die die erbrochene Milch vom Anzug hatte wischen müssen. Doch mein Erdnussbutter-Sandwich und die Johannisbeerlimonade blieben im Magen, sodass sie sich entspannte und den Fernseher anschaltete. Und endlich kam Papa zurück.

»Wie hat Mama ausgesehen?«, fragte ich.

Papa zuckte zusammen und wusste nicht, was er sagen sollte. Ich war nicht mit Absicht so taktlos. Ich verstand einfach nicht, dass Mutti wirklich tot war – und jetzt richtig begraben. Man hatte mir erzählt, sie würde schlafen und dass sie nicht mehr nach Hause kommen würde, aber ich würde sie im Himmel wieder treffen. Mutti hatte mir immer Märchen vorgelesen, also stellte ich mir vor, wie sie umgeben von wilden Rosen in einem Schloss schlief, das in irgendeinem fernen Ferienort namens Himmel lag.

Papa antwortete nicht. Er flüsterte ständig mit Sylvia. Manchmal wurden sie wütend und vergaßen das Flüstern. Dann vertrugen sie sich wieder mit viel Leidenschaft, und ich überraschte sie bei einer peinlichen Umarmung. Ich versuchte angestrengt, nichts zu bemerken. Ich umklammerte meine Papierfreundinnen mit meinen Händen, und in meinem Kopf spielte ich erwachsen sein und ging mit Rosalind und Viola und Iris und Hortensia zum Tanz.

Aber ich konnte nicht ständig tanzen. Nachts, wenn ich auf Sylvias Sofa schlafen sollte, weinte ich. Ich weinte auch am Tag, auf der Schultoilette, auch wenn ich mir danach immer die Nase putzte und mir das Gesicht mit rauem Papier abrubbelte, bevor ich mich aus der Kabine traute.

Alle in der Schule schlichen auf Zehenspitzen um mich herum. Ich glaube, man hatte den anderen Kindern gesagt, sie dürften mit mir nicht über meine Mutter sprechen. Sie gingen auf Nummer sicher und redeten überhaupt nicht mehr mit mir, noch nicht mal meine beste Freundin Betsy.

Sie benahm sich so, als wäre mütterlicher Selbstmord etwas Ansteckendes. Wir mussten immer noch nebeneinander sitzen, aber sie rückte so weit wie möglich von mir ab und verschwand nach den Stunden, damit sie nicht mit mir reden musste. Sie ging jetzt immer mit einem anderen kleinen Mädchen namens Charmaine in die Pause. Sie umkreisten den Schulhof Arm in Arm und flüsterten sich Geheimnisse zu. Ich versuchte, Betsy zu bestechen, damit sie zu mir zurückkam, und gab ihr meine neue Barbiepuppe, aber sie sagte verächtlich, Puppen wären etwas für Babys – obwohl ich genau wusste, dass sie eine ganze Barbie-Gang zu Hause hatte, weil ich mit ihnen gespielt hatte, als ich mal nachmittags bei ihr war.

Ich konnte sie nicht mehr zu mir nach Hause einladen, weil wir nicht mehr dort wohnten.

Aber dann wohnten wir doch wieder dort. Papa zog mit uns um – und Sylvia kam mit.

»Aber das ist Muttis Haus!«, sagte ich. »Sie wird Sylvia nicht reinlassen.«

»Sei nicht albern, April. Du weißt, dass Mutti von uns gegangen ist. Es ist mein Haus, und natürlich werde ich darin wohnen. Mit Sylvia. Sie ist deine neue Mutti.«

Das akzeptierte ich nicht. Und Sylvia schien die Idee auch nicht besonders zu gefallen.

»Ich hasse dieses Haus. Ich hasse es, wie mich hier jeder anguckt!«, rief sie. »Ich will nicht hier wohnen. Ich will mich nicht um dein gruseliges kleines Kind kümmern. Ich will Spaß haben! Ich gehe.«

Also ging sie. Und dann waren Papa und ich allein. Er wusste nicht, was er mit mir anstellen sollte. Er fragte Mrs. Stevenson, ob sie mich von der Schule abholen und sich um mich kümmern könnte, bis er von der Arbeit nach Hause kam. Mrs. Stevenson machte ihm klar, dass sie keine Lust dazu hatte, außer im Notfall. Ich bat Papa, er möchte Betsys Mama fragen, weil ich das für eine brillante Idee hielt, damit Betsy wieder meine Freundin würde, aber sie wies mich ab und sagte, sie wolle die Verantwortung nicht übernehmen.

»Für ein artiges, stilles kleines Mädchen?«, fragte Papa ungeduldig.

Ich strengte mich danach sehr an, in Papas Nähe artig zu sein, weil er ziemlich schlechte Laune hatte, und ich war wirklich ausgesprochen still in der wirklichen Welt. In meinem Kopf brüllte ich mit Rosalind und Viola und Iris und Hortensia alles Mögliche. Wir spielten den ganzen Tag und tanzten die ganze Nacht. Wir konnten auf uns selbst aufpassen und brauchten keine Mütter oder Väter.

Papa stellte eine alte Dame an, um mich hin und her zu kutschieren. Sie kam in unser Haus und pflanzte sich vor den Fernseher, als würde sie hier wohnen. Ich konnte es nicht ertragen, wenn sie in Muttis Sessel saß. Ich wollte nicht, dass ihr dicker Hintern Muttis blasslila Kissen zerquetschte. Ich raste zu Muttis Sessel und setzte mich selbst hinein, und ich stand nicht auf, als sie mich dazu aufforderte. Sie schlug mich fest auf die Rückseite meiner dünnen Beine. Ich trat sie. Daraufhin verließ sie endgültig das Haus.

Also stellte Papa stattdessen eine junge Studentin ein. Jennifer. Sie war rosa und plump und sanft und zeigte mir, wie ich meine gebrechlichen Papiermädchen auf die Pappe von Cornflakespackungen kleben konnte, damit sie robuster würden. Ich mochte Jennifer sehr. Leider mochte Papa sie auch. Ihm zeigte sie einiges mehr als Pappestützen. Jennifer zog bei uns ein. Sie besetzte nicht nur Muttis Sessel. Sie wollte auch Muttis Bett.

Jetzt durfte ich nicht mehr ins Schlafzimmer kommen. Ich sank auf dem Flur zusammen und fühlte mich einsam. Zum ersten Mal ließen Rosalind und Viola und Hortensia und Iris mich im Stich.

Ich ging ins Badezimmer und starrte auf die Stelle, wo die Badewanne gewesen war. Papa hatte sie in eine Duschkabine umbauen lassen, weil Sylvia behauptet hatte, ihr würde es vor der Badewanne grauen. Ich wollte die Badewanne wiederhaben. Ich wollte mich hineinlegen und mir vorstellen, wie ich mich an Mutti kuschelte. Ich wollte ihr die Augenlider aufstemmen, damit sie für immer wach bliebe.

Ich sehnte mich so sehr nach ihr.

Da fing ich an, ihren Namen zu flüstern. Das Flüstern wurde lauter und lauter, bis ich schließlich schrie. An der Tür wurde wie wild geklopft. Ich dachte, ich hätte sie abgeschlossen, aber unter Papas ganzem Gewicht zerbarst das Türschloss, und dann gruben sich Finger in meine Schultern, und ich wurde vom Boden hochgehoben und geschüttelt, so dass mein Kopf vor- und zurückschlug und das Badezimmer zum Karussell wurde.

Papas Stimme brüllte: »HÖR AUF MIT DEM GESCHREI!« Aber ich konnte nicht aufhören, weil er mir solche Angst machte. Ich hörte auch bei Jennifer nicht auf. Ich hörte auch bei Mrs. Stevenson nicht auf, die herbeilief, um zu sehen, ob ich umgebracht würde. Ich schrie, bis meine Kehle wund war. Papa musste einen Arzt rufen, der mir eine Nadel in den Po stach. Er sagte, danach würde ich schlafen – woraufhin ich noch mehr schrie.

Der Arzt meinte, ich würde an einer nervösen Reaktion leiden. Das war nicht sehr überraschend, wenn man die Umstände bedenkt. Er sagte, ich brauchte einfach viel Liebe und Bestätigung.

Ich schätze, Papa versuchte es. Ein oder zwei Tage lang. »Lass den Kopf nicht so hängen, April. Papa ist doch da. Papa hat dich lieb. Komm, wie wäre es mit einem Lächeln? Muss ich dich etwa kitzeln? Kitzel, kitzel, kitzel«, und seine harten Fingerspitzen stießen unter mein Kinn oder in meine Achseln, bis Papa meine Grimasse als Grinsen deutete.

Aber die meiste Zeit ließ er mich Trübsal blasen. In der Schule bekam ich Probleme. Ich legte den Kopf auf das Pult und schloss die Augen. Der Lehrer fragte Papa, ob ich nachts nicht genug Schlaf bekäme. Er antwortete, wenn überhaupt, würde ich zu viel bekommen. Ich wachte nicht immer rechtzeitig auf, um es auf die Toilette zu schaffen.

Jetzt flatterten ständig feuchte Laken auf der Wäscheleine im Garten. Papa wurde wütend und nannte mich ein Baby. Jennifer sagte, es wäre nicht meine Schuld, und ich könnte nichts dafür, dass ich ein nervöser Typ sei wie meine Mutter.

»Sie war nicht ihre richtige Mutter«, sagte Papa.

Er war auch nicht mein richtiger Vater, und ich bin ja so froh, dass kein einziger Tropfen von seinem Blut in meinem Körper fließt. Er war auch froh, denn als er schließlich genug von mir hatte – nur ein paar Monate nach Muttis Tod –, konnte er mich direkt wieder den Sozialarbeitern zuschieben. Und der Fürsorge.

Es schien bloß so, dass sich jetzt keiner mehr wirklich um mich sorgte.

Ich frage mich manchmal, ob Mutti mich auch aufgegeben hätte. Ich habe es wirklich versucht, aber ich kann mich einfach nicht mehr an sie erinnern. Sie ist nur ein Gefühl, ein schwacher Lavendelduft, ein trauriger Seufzer.

Ich glaube trotzdem, dass ich sie sehen muss. Ich weiß ja, wo sie ist.

9. Kapitel

Sie liegt auf dem Friedhof von Greenwood. So steht es in meinem Bericht. Ich hatte mir immer einen richtigen grünen Wald darunter vorgestellt, einen Märchenfriedhof mit hohen Eiben, Efeu und Marmorengeln, aber Greenwood liegt am Standrand von London, und der Friedhof besteht aus einer lang gestreckten Anhöhe direkt neben einer zweispurigen Schnellstraße. Endlich erreiche ich das Eingangstor und blicke mich um, ob mir jemand die richtige Richtung sagen kann. Kein Mensch ist da.

Ich mag die Einsamkeit hier nicht. Ich wünschte, jemand wäre bei mir. Ich möchte am liebsten sofort zum Bahnhof zurückrennen – aber ich kann jetzt nicht aufgeben.

Ich könnte warten und Marion fragen …

Nein. Jetzt bin ich hier. Es ist okay. Ich bin kein kleines Kind mehr. Ich glaube nicht an Gespenster, auch wenn mir die Vergangenheit noch so sehr im Kopf herumspukt.

Ich stapfe los und suche mir wahllos einen Weg aus. Es gibt hier ein paar Engel, aber ihre Flügel sind abgebrochen, und manchen wurde offenbar der Kopf abgeschlagen. Ich tätschel ein paar kleine moosige Füße, streichle eine Marmorrose, halte Händchen mit einem winzigen Engel ohne

Nase. Es ist so erschreckend, dass sich niemand mehr um diese Gräber kümmert. Irgendwelche Vandalen schlagen mit ihren Baseballschlägern auf sie ein und halten das für einen super Witz. Ich möchte am liebsten losheulen, auch wenn die Leute in den Gräbern schon vor langer Zeit zu Staub zerfallen sind. Vor hundert Jahren oder noch mehr. Zu lange für Mutti.

Ich versuche es mit einem anderen Weg, auch wenn ich Angst habe, mich zu verlaufen. Meine Schritte knirschen auf dem Kies. Ich bleibe immer wieder stehen und glaube jemanden zu hören. Ich bleibe stehen und drehe mich um. Die jungen Blätter an den Bäumen rascheln, die Äste hüpfen auf und ab. Hier gibt es so viele Möglichkeiten, wo sich jemand verstecken könnte. Jungs mit Baseballschlägern, Landstreicher, Junkies …

Jetzt werde ich albern. Hier ist niemand. Die Schritte, die ich höre, sind nur meine eigenen. Ich hole ein paar Mal tief Luft und gehe weiter an den viktorianischen Gräbern vorbei, bis ich das schickere Ende des Friedhofs erreiche, mit Sockeln und Säulen und kleinen Häusern für die Toten. Ich frage mich, wie es ist, wenn man einen langen Stammbaum hat, wenn man die goldenen Buchstaben berühren und seine eigene Ururururgroßmutter darauf finden kann. Meine Ururururgroßmutter könnte eine elegante alte Dame in Seidenkrinoline gewesen sein oder eine schmuddelige alte Bettlerin in Lumpen. Ich werde es nie erfahren.

Ich eile vorüber und marschiere zu den geradlinigen

Reihen neuerer Grabsteine. Bei frischen Erdhügeln voller Trauerkränze zucke ich zusammen. Ich gehe eine Reihe hinauf und die nächste wieder hinunter, wobei ich mir wünsche, dass man die Toten in alphabetischer Reihenfolge sortieren würde. Vielleicht ist Muttis Grab überhaupt nicht ordentlich markiert. Ich kann mir nicht vorstellen, dass Papa Geld für einen Grabstein lockergemacht hat. Und wie hätte er ihn denn beschriften lassen? *Sie schläft nur? Geliebte Ehefrau von Daniel, tief betrauerte Beinahemutter von April?*

Ich marschiere vor und zurück. Meine Augen tränen im heftigen Wind. Ich werde sie nie finden. Ich brauche ihren Platz auch gar nicht zu sehen. Es ist viel besser, wenn sie in meiner Vorstellung so bleibt wie bisher: das schlafende Schneewittchen im grünen Wald meiner Fantasie …

Da ist sie! JANET JOHNSON. Strahlend goldene Buchstaben auf einem glänzenden schwarzen Stein – viel zu protzig für Mutti. Und dann ist da noch ein Foto, in Herzform hinter Glas. Mit klopfendem Herzen trete ich näher.

Das ist sie nicht.

Aber sie muss es sein.

Es könnte eine andere Janet Johnson sein, schließlich ist es ein ziemlich häufiger Name – aber die Daten stimmen. Sie ist es wirklich.

Sie sieht so jung aus. Sie trägt irgendeinen schicken weißen Schmuck im Haar. Ich Trottel, das ist ein Brautschleier. Es ist ein Hochzeitsfoto. Typisch Papa – er meint wohl, der Tag, an dem sie ihn geheiratet hat, müsste der glücklichste in ihrem Leben gewesen sein. Vielleicht war er das wirklich. Sie sieht strahlend schön aus. Diesen Ausdruck benutzt man immer für Bräute, aber sie sieht wirklich so aus, als leuchte sie von innen, ein Licht strahlt aus ihren Augen, ihr Mund ist geöffnet und zeigt glänzende Zähne.

Ich habe sie nie so gesehen. Die Lichter waren ausgeschaltet. Arme Mutti.

Ich wünschte, ich könnte mich richtig an sie erinnern. Ich frage mich manchmal, ob sie mich wirklich geliebt hat. Nicht auf die gleiche Weise, wie sie Papa liebte, aber auf eine warme, sanfte, mütterliche Art. Oder war ich immer das komische kleine Mülltonnen-Baby, das irgendwie nie ganz desinfiziert war?

Jetzt weine ich. Ich wühle in meiner Schultasche nach einem Taschentuch.

»Was 'n los, Süße?«

Ich erstarre.

Ein Mann schlängelt sich durch die Gräber hindurch auf mich zu, ein Mann mit wilden Haaren und schmutzigen Klamotten, mit der Hand umklammert er eine Flasche. Ich sehe mich um. Niemand sonst ist in der Nähe. Nur er und ich. Und es ist ein sehr langer Weg bis zum Eingangstor.

Ich drehe mich abrupt um und marschiere los.

»Hey! Ignorier mich nicht einfach! Ich will dir doch nur helfen. Willst 'n Taschentuch, hä?« Er zieht einen verschmutzten Lumpen aus der Hosentasche und wedelt ihn in meine Richtung.

Ist er wirklich nur nett? Er sieht nicht so aus. Ich schüttel den Kopf und lächel ihn kurz und ängstlich an.

»Danke – aber ich bin okay. Na ja, ich muss jetzt los. Wiedersehen.«

»Geh nicht! Ich will mit dir reden. Wieso heulste denn, hä? Willst 'n Schluck? Danach geht's dir echt besser, Schätzchen.«

»Nein. Wirklich nicht.«

»Selbst schuld. Bleibt mehr für mich übrig.« Er setzt die Flasche an und trinkt.

Ich gehe weiter, aber er folgt mir torkelnd.

»Jemand gestorben?«, will er wissen.

»Ja. Es ist … meine Mutter, und – und mein Vater wartet da drüben.« Ich deute vage hinter die Gräber. »Ich muss jetzt zu ihm. Tschüs.«

Ich laufe los. Ich schätze, er glaubt mir nicht. Er ruft hinter mir her, aber ich halte nicht an. Ich höre seine Schritte und balle die Fäuste und laufe noch schneller, so schnell ich kann, und die Schultasche schlägt mir gegen die Hüfte. Ich laufe und laufe, knicke mit dem Knöchel an Grasbüscheln um, stolpere beim Zickzack um die Grabsteine, renne weiter und weiter und weiß nicht, ob ich in die richtige Richtung laufe. Vielleicht holt er mich gleich ein, vielleicht greifen seine schmierigen Hände gleich nach mir – aber da ist der Bogen der Friedhofstore, ich bin fast da! Ich laufe durch sie hindurch, hinaus auf die Hauptstraße, wo die Autos vorbeiflitzen.

Ich lehne mich an die Steinmauer und hole keuchend

Luft. Ich warte, bereit, um Hilfe zu schreien, wenn er auf mich zu stolpert. Aber er kommt nicht. Er hat aufgegeben und ist immer noch irgendwo auf dem Friedhof. Als mein Herz sich beruhigt hat, gehe ich zitternd weiter, mir ist immer noch schlecht vor Angst, aber ich fühle mich ein bisschen sicherer.

Ich weiß nicht, ob ich jemandem davon erzählen soll. Ich bin nicht sicher, ob er mir überhaupt was getan hätte. Vielleicht meinte er es ja wirklich nur gut – aber es wäre nicht besonders klug gewesen, das herauszufinden. Ich fand die Art, mit der er mich ansah, einfach grässlich. Ich konnte es nicht ertragen, dass er mich ›Süße‹ und ›Schätzchen‹ nannte.

Ich denke an meine Mutter, meine richtige Mutter, nicht an die arme Mutti, die da ordentlich unter ihrer glänzenden schwarzen Grabtafel verstaut ist. Vielleicht wurde meine Mutter von irgendeinem grässlichen betrunkenen Fremden überfallen? Vielleicht konnte sie es deshalb nicht ertragen, mich zu behalten?

Ich weiß nicht, wohin ich jetzt gehen soll. Die Autos rasen vorbei und verwirren mich. Ich drehe mich oft um, falls der wilde Mann mich verfolgt. Ich weiß nicht, was ich hier tue. Es ist wie im Traum. Nichts scheint real zu sein.

Aber daran bin ich ja gewöhnt.

10. Kapitel

Seit Mutti starb und Papa mich loswerden wollte, habe ich mich nicht mehr real gefühlt. Ich fühlte mich so papieren und zerreißbar wie Iris und Hortensia und Rosalind und Viola. In kurzer Folge hintereinander hatte ich zwei Stiefmütter. Das habe ich in meiner Akte gelesen.

Die erste war noch so eine Kurzzeit-Spezialistin wie Tante Pat. Ich glaube, ich kann mich an meinen sechsten Geburtstag dort erinnern. Ich legte die weißen Zuckerrosen von meinem Geburtstagskuchen zur Seite, weil sie so hübsch aussahen, aber irgendjemand räumte meinen Teller fort, bevor ich sie in Sicherheit bringen konnte.

Dann wohnte ich bei Maureen und Peter. Ihre Freunde nannten sie alle Groß-Mo und Klein-Pete. Haben wir sie eigentlich auch so genannt? Vermutlich nicht. Ich glaube, wir nannten sie einfach Mama und Papa. *Wir* waren ihre Stiefkinder, und wir waren viele. Einige blieben ein paar Tage, manche ein paar Jahre. Und andere lebten für immer dort.

Ich fragte Groß-Mo, ob ich für immer bei ihnen wohnen würde. »Wahrscheinlich schon, Schnuckelmuckel«, sagte sie und stürmte dann los, um zwei der großen Jungs zu trennen, die sich gerade prügelten, und einen der kleinen Jungs zu befreien, der sich selbst in die langen Wohnzimmergardinen gewickelt hatte.

So war es immer. Nie gab es Gelegenheit, in Ruhe zu reden. Sie hatte keine Zeit, um einen in den Arm zu nehmen. Ich wollte auch gar nicht in ihren Arm. Groß-Mo war eine gutherzige Frau, aber ich mochte ihr Aussehen nicht. Sie war wirklich groß – vermutlich nur ein bisschen größer als der Durchschnitt, aber als ich klein war, schien sie ungefähr zehn Meter hoch zu sein, und auch zehn Meter breit. Groß-Mo war wie ein ganzes Gebirge, mit riesigen Abhängen an Brust, Bauch und Hintern. Sie trug riesige gemusterte Sackkleider, knallrote im Winter und rosa Blumenmuster im Sommer. Selbst bei härtestem Frost trug sie niemals Strumpfhosen, so dass auch ihre Beine rot und rosa gemustert waren. Manchmal, wenn sie auf dem zerschlissenen Sofa saß, konnte man einen Blick auf ihre fürchterlichen Unterhosen erhaschen. Jeder bekam unkontrollierbare Kicheranfälle, wenn sie die sauberen Stücke aus der Waschmaschine holte. Groß-Mo schien das nichts auszumachen. Wenn sie gute Laune hatte, schwenkte sie ihre Unterwäsche wie Fahnen in der Luft, und wir wälzten uns alle auf dem Boden.

Klein-Pete war gar nicht so klein, ganz normal eigentlich, aber neben Groß-Mo sah er aus wie eins von uns Kindern. Er benahm sich auch meistens wie ein Kind, immer auf allen vieren, er spielte mit den Kleinen im Baggermatsch und reparierte Fahrräder und quasselte mit den

Großen begeistert über Fußball. Er fuhr sogar auf ihren Rollern. Groß-Mo wurde sehr ärgerlich, als er runterfiel und sich das Handgelenk verstauchte und ihr eine Woche lang nicht im Haus helfen konnte. Klein-Pete blinzelte den Jungs fröhlich zu, und sie brüllten vor Lachen.

Ich passte nicht zu ihnen. Es waren hauptsächlich Jungs, und ich war zu dieser Zeit ein außergewöhnlich mädchenhaftes Mädchen, weil Mutti mich so erzogen hatte. Ich versuchte, meine niedlichen kleinen Kleider sauber zu halten. Groß-Mo kaufte mir eine Latzhose mit einem aufgenähten Bär vorne drauf.

»Hier, Schnuckelmuckel, darin kannst du dich austoben. Es ist ganz egal, wenn du sie schmutzig machst«, sagte Groß-Mo.

Aber ich wollte sie nicht schmutzig machen. Ich saß mit gekreuzten Beinen in der Ecke, senkte den Kopf und redete mit dem Teddybär. Ich spielte, dass es ein echtes Bärenjunges namens Schmusi sei, und Hortensia, Iris, Viola und Rosalind wechselten sich ab, auf ihn aufzupassen, ihn mit Honig zu füttern, sein Fell zu bürsten und ihn an einer silbernen Leine spazieren zu führen.

»Diese kleine April ist wirklich durchgeknallt! Ständig redet sie mit sich selbst. Flüster, flüster, flüster. Was für eine Irre!«, sagten die Jungs. Manchmal rempelten sie mich absichtlich an, wenn sie Fußball spielten. Einmal warfen sie mich richtig um, und meine Blumenmädchen flogen zu Boden, und irgendwer trat auf Iris, so dass ihr gelbes Kleid ganz schmutzig wurde, und Rosalind verlor ein Bein und musste den Rest ihrer Tage mit einer gemalten rosa Prothese leben.

Wenn ich versuchte, mit den Jungen zu reden, wurde ich nur verspottet. Ich verstand nicht, was sie mit Akzent meinten. Ich wusste nur, dass ich anders sprach als die anderen. Ich schätze, ich redete so wie Mutti. Ich hatte das vorher nie bemerkt, aber diese gestelzte Art zu sprechen fiel allen ziemlich auf die Nerven. Sogar das Wort ›Mutti‹, wie ich Groß-Mo einmal versehentlich nannte, ließ alle in großes Gelächter ausbrechen. Tagelang wurde ich verspottet. Die Jungs nannten mich einen Snob und Angeber.

Anfangs wohnte nur noch ein anderes Mädchen dort, das die Jungs manchmal nachahmte. Aber das war nicht böse gemeint. Esme ahmte jeden fröhlich nach. Sie war viel älter als ich, beinahe schon erwachsen, aber sie war mongoloid und deshalb in vielerlei Hinsicht ein kleines Mädchen geblieben. Ich konnte schon lesen, aber Esme kapierte es einfach nicht, also las ich ihr manchmal Geschichten vor. Ab und zu erfand ich welche für sie und erzählte ihr das aktuellste Abenteuer meiner Blumenmädchen. Esme war wie verzaubert. Sie fragte mich immer wieder, woher ich meine Geschichten hätte, und verstand einfach nicht, dass sie aus meinem eigenen Kopf stammten.

»Die Geschichten sind hier drin«, sagte ich.

»Zeig sie mir!«, sagte Esme, klemmte mir die Haare hinter die Ohren und starrte meinen Kopf an, als könnte sie direkt hineinsehen.

Sie liebte meine langen Haare und fuhr mit ihren Wurstfingern wie mit einem unförmigen Kamm durch sie hindurch. Esmes Haar war kurz geschnitten. Es hing strähnig und braun zu beiden Seiten ihres flachen Gesichts herunter. Ich fragte mich manchmal, ob sie wusste, dass sie nicht besonders hübsch war. Wenn Groß-Mo es nicht hören konnte, gaben ihr ein paar der Jungs gemeine Namen, aber sie schien sich das nicht zu Herzen zu nehmen.

Wir spielten viel zusammen. Manchmal sprach ich nicht mehr mit meiner normalen Stimme, sondern kopierte Esme mit ihren einfachen kurzen Sätzen. So redete ich dann auch an meiner neuen Schule, und mein Lehrer hatte eine Unterredung mit Groß-Mo.

Ich weiß nicht, ob es daran lag, dass sie sich Sorgen um mich und meine Entwicklung machten, aber nach ein paar Wochen nahmen Groß-Mo und Klein-Pete noch ein Mädchen bei sich auf.

»Sie heißt Pearl. Sie ist ein paar Jahre älter als du, April, und scheint trotz allem ein kleiner Engel zu sein. Sie hatte eine harte Zeit, die arme Kleine. Ich glaube, sie wird eine gute Freundin für dich«, sagte Groß-Mo.

»Ich habe ein Freundin«, murmelte ich. Esme schien nicht zu zählen, und von Hortensia, Viola, Iris und der humpelnden Rosalind wussten sie ja nichts.

Pearl sollte von nun an meine Freundin sein. Sie hatte schwarze Haare, große blaue Augen und perlweiße Zähne, die zu ihrem Namen passten. Es waren die größten und weißesten Zähne, die ich je gesehen habe – und mit denen sie mich bestens beißen konnte. Das tat sie auch, und als Groß-Mo den roten Zahnabdruck auf meinem Arm sah, behauptete ich, ich hätte mich selbst gebissen. Ich wusste, wenn ich Pearl verpetzte, würde sie mir bei der nächsten Gelegenheit noch etwas Schlimmeres antun.

Mein Herz pocht immer noch schneller, wenn ich an sie denke. Pearl war viel, viel gruseliger als jeder Betrunkene auf dem Friedhof.

Groß-Mo ging jeden Samstag mit Pearl und Esme und mir aus. Einmal gingen wir alle ins Kino, in *Die Schöne und das Biest*. Esme liebte die sprechende Teekanne und kreischte jedes Mal vor Lachen, wenn sie zu sehen war. Ich lachte nicht. Ich weinte auch nicht – obwohl Pearl mir im Dunkeln die Finger verdrehte und in meinen Eisbecher spuckte. Groß-Mo dachte, dass wir Händchen hielten und uns das Eis teilten. Alle dachten, dass Pearl und ich die besten Freundinnen wären.

Ich glaubte, in der Schule wäre ich sicher, weil Pearl zwei Klassen über mir wäre, aber sie hatte in der Vergangenheit so viel Unterricht verpasst und immer noch nicht lesen gelernt, also stufte man sie ein paar Jahre zurück. Und steckte sie in meine Klasse. Sie setzten den kleinen Jungen neben mir um, damit Pearl neben mir sitzen konnte, »weil ihr zwei Mädchen so gut befreundet seid«.

In der Pause versuchte ich, vor Pearl zu fliehen, doch sie konnte viel schneller rennen als ich. Sie schlug mich mit ihrem Buch.

»Du sollst mir beim Lesen helfen, April. Los, mach, sonst verpetze ich dich.«

Ich musste mich neben sie setzen und das Buch aufschlagen und auf alle Wörter über Freddy und seinen Teddy zeigen. Pearl las dabei, doch sie flüsterte ihre eigenen Wörter dazu. Vielleicht war sie nicht in der Lage, auf übliche Art zu lesen, aber auf jeden Fall konnte sie *mich* lesen.

»Es war einmal ein dummes, pickliges, stinkendes Mädchen namens April, das niemand mochte, noch nicht mal ihre eigenen Eltern, also schmissen sie sie in den Müll, haha, genau! Und eine dämliche, fette Frau sagte: ›Oooh, das macht nichts, April, arme Kleine, Pearl soll deine beste Freundin sein.‹ Glaubst du, Pearl wird Aprils Freundin sein?«, fragte sie beim Lesen. Dabei stieß sie mir heftig den Ellenbogen in die Rippen. »Hey, Dumpfbacke, ich rede mit dir. Bin ich deine Freundin? Na?«

»Nein! Ja! Ich weiß nicht«, antwortete ich hilflos.

»Kannst du dich nicht entscheiden, Trottel? Na, dann erklär ich dir mal was. Wer nicht mit mir befreundet sein will, ist automatisch mein Todfeind.«

Die Schule war schon schrecklich genug, aber zu Hause war Pearl noch schlimmer. Bald wurde mir jeden Abend schlecht, wenn es Zeit zum Baden wurde. Wir waren so viele, die jeden Tag ihr Bad brauchten, dass Groß-Mo fand, es wäre lustig, wenn die Mädchen zusammen badeten.

Ich versuchte mich zu verstecken, aber es nützte nichts.

»Gefunden!«, rief Groß-Mo, zerrte mich unter dem Bett hervor und schüttelte mich ein bisschen. »Du bist genauso schlimm wie die Jungs, Schnuckelmuckel. Die wollen auch nicht baden. Aber du willst doch ein hübsches, sauberes Mädchen sein, oder? Jetzt komm, Pearl ist schon in der Wanne. Sie spritzt mit Seifenschaum, die Süße.«

Ich bettelte darum, mit Esme baden zu dürfen.

»Nein, Schätzchen, Esme ist schon eine kleine Dame und braucht ihre Privatsphäre. Du gehst jetzt zu Pearl in die Wanne.«

Groß-Mo hielt mich mit ihren riesigen Armen ohne Anstrengung hoch und blickte mir plötzlich gerade in die Augen. »Was ist los, hm? Du und Pearl habt doch wohl keinen Knatsch gehabt, oder?«

Ich schüttelte den Kopf. »Knatsch« bedeutete Streit. Und ich hätte nie gewagt, mich mit Pearl zu streiten.

Ich musste also die Wanne mit ihr teilen. Während Groß-Mo noch im Badezimmer war, konnte Pearl nicht allzu viel machen, auch wenn sie mich unter dem Schaum kniff und mit ihren scharfen Fußnägeln an meinen dünnen Beinen entlangschrammte. Aber wenn Groß-Mo ging, um ein paar saubere Handtücher aus dem Trockner in der Küche zu holen, spielte Pearl ihr Lieblingsspiel: Meerjungfrau.

»Was machen Meerjungfrauen, April?«, flüsterte sie und rutschte ganz nah an mich heran. Ihre Zähne strahlten. Schaumhäufchen glitzerten auf ihren blassen Armen. Ihr nasses schwarzes Haar hing platt herunter und glänzte wie das einer Porzellanpuppe.

»Ich rede mit dir, April. Hörst du mich nicht? Hast du keine Ohren?« Sie riss eine meiner Haarsträhnen zur Seite und stieß mir den Finger ins Ohr, sodass es anfing zu klingeln.

»Ich – ich weiß nicht, was Meerjungfrauen tun«, stammelte ich.

»Du bist doch sonst so ein Schlaumeier! Also, du dämliche, schusselige April, Meerjungfrauen haben lange Fischschwänze, damit sie *was* tun können?«

Ich schluckte und versuchte zurückzuweichen, bis die harte Emaille der Badewanne gegen meinen Rücken stieß.

»Antworte mir! Vielleicht hast du keine Zunge, ist es das?« Ihre Finger kratzten an meiner Unterlippe herum, bis sich mein Mund öffnete. »Na also, igitt, da zappelt sie ja. Also benutz sie auch. Sag mir, wozu Meerjungfrauen Schwänze haben, April.«

»Zum Schwimmen«, flüsterte ich.

»Hurra! Sie hat's begriffen! 100 Punkte! Also dann – schwimm!«

Und sie griff plötzlich nach meinen Knöcheln und zog. Ich rutschte nach vorn, und mein Kopf fiel zurück und tauchte unter. Ich versuchte mich aufzusetzen, aber Pearls Hände drückten fest auf meine Brust und pressten mich auf den Wannenboden. Meine Beine traten kraftlos nach ihr, doch ich konnte nicht sehen, was ich tat. In meinem Kopf dröhnte es wie wahnsinnig, als würde das Wasser in meinen Ohren herumwirbeln. Ich wusste, dass sie mich ertränken würde, und mitten in all dem Schmerz und der Panik hatte ich einen Moment des Triumphs: Endlich würde Pearl in Schwierigkeiten kommen. Doch dann waren da plötzlich ihre Hände unter meinen Achseln, und mein Kopf schoss aus dem Wasser. Ich hustete und keuchte und schrie.

»Halt die Klappe, du Idiot«, sagte Pearl ganz ruhig. »Und du nennst dich eine Meerjungfrau? Du kannst nicht besonders gut schwimmen, was? Solltest lieber üben, hä?« Und sie tauchte mich wieder unter.

Sie versuchte nicht immer, mich zu ertränken. Groß-Mo blieb oft bei uns – und auch, wenn sie wegging, konnte Pearl manchmal völlig normal sein und nur herumplantschen und dumme Witzchen machen. Irgendwie machte das alles nur noch schlimmer, weil ich nie wusste, wann sie sich plötzlich verwandeln würde.

Aber dann verwandelte *ich* mich.

11. Kapitel

Ich habe versucht, Pearl umzubringen.

Nein, habe ich nicht.

Ich weiß es nicht. Ich weiß nicht mehr, was wahr ist. Ich erinnere mich nur daran, was alle gesagt haben. Jeder fragte mich, wie es passiert sei, und ich musste es wieder und wieder erzählen. Sie sagten mir ständig, ich solle mich entspannen und mir Zeit lassen, aber ich war so verspannt, als wäre ich aus Eisen. Man hätte eine Brechstange benötigt, um meine verkrampften Muskeln zu lösen.

Ich schätze, ich sah unglaublich schuldig aus. Alle glaubten, dass ich Pearl absichtlich geschubst hätte. Vielleicht stimmt das auch.

Pearl flog auf einmal durch die Luft, mit wedelnden Armen und strampelnden Beinen und schreiendem Mund, in dem jeder einzelne ihrer Perlenzähne zu sehen war. Ich dachte, sie würde auf den Füßen landen und sofort wieder die Treppe hinaufstürmen, um mich zu packen. Aber sie landete mit einem dumpfen Schlag auf dem Rücken, und eins ihrer Beine war seitwärts abgeknickt. Ich wartete darauf, dass sie anfing zu schreien. Sie gab keinen Laut von sich.

Ich schwankte oben auf der Treppe und starrte auf sie herab. Groß-Mo und Klein-Pete und Esme und all die Jungs kamen angerast. Sie machten eine Menge Aufhebens um Pearl. Klein-Pete rannte los, um den Krankenwagen zu rufen, während Groß-Mo sich neben Pearl kauerte, ihre Hand hielt und auf sie einredete. Pearl antwortete nicht. Ihre Augen waren halb geöffnet, doch sie schien niemanden anzusehen.

»Sie ist tot!«, sagte einer der Jungs.

»Nein, ist sie nicht«, sagte Groß-Mo, aber sie klang nicht sehr überzeugt.

»Was ist passiert? Ist Pearl ausgerutscht?«

Alle blickten die Treppe hoch und starrten mich an.

»April hat sie geschubst!«

»Natürlich hat sie sie nicht geschubst. Stimmt's, April?«

Ich sagte kein Wort. Ich wagte es nicht. Ich hatte auch Angst, dass Pearl tot war – aber das hätte auch bedeutet, dass sie mich nicht mehr verpetzen könnte.

Schließlich kam der Krankenwagen, und Pearl wurde auf eine Liege gegurtet und in einem großen weißen Wagen weggefahren. Groß-Mo fuhr mit ihr. Sie blieb die ganze Nacht weg. Als sie nach dem Frühstück wiederkam, war sie allein.

»Pearl ist wirklich tot!«, sagte einer der Jungs.

Sie starrten mich alle ehrfürchtig an. Meine Frühstückscornflakes kamen mir hoch und hinterließen einen ekligen Geschmack in meinem Mund.

»April ist eine Mörderin!«

Sie zischten es alle, sogar Esme, auch wenn ich nicht glaube, dass sie die Bedeutung des Wortes verstand.

»Hört sofort mit diesem albernen Unsinn auf!«, fuhr Groß-Mo dazwischen. Sie hatte dunkle Schatten unter den Augen, und ihre Haare hingen strähnig herunter. »Pearl ist nicht tot, aber sie ist wirklich sehr schlimm verletzt. Sie hat eine gebrochene Hüfte, ein gebrochenes Bein, angeknackste Rippen und verstauchte Handgelenke. Die arme kleine Maus wird wochenlang im Krankenhaus bleiben müssen.«

Ich stieß ein erleichtertes Quietschen aus.

»April, ich muss mit dir reden«, sagte Groß-Mo mit sehr ernster Stimme. Sie nahm mich am Handgelenk – als könne sie sich nicht dazu überwinden, meine Hand zu nehmen – und zog mich mit sich in ihr Wohnzimmer.

Wir Kinder durften normalerweise keinen Schritt hier hinein tun. Es gingen Gerüchte, dass Groß-Mo und Klein-Pete einen Fernseher von der Größe einer Kinoleinwand besäßen und riesige Ledersofas und weiße Fellvorleger. Ihr Fernseher war kleiner als unserer im Kinderzimmer, das Sofa war durchgesessen und sah aus wie die Kleider von Groß-Mo. Es gab überhaupt keine Vorleger, nur einen Teppich in der langweiligen Farbe von Haferbrei. Ich starrte ihn die ganze Zeit an, als Groß-Mo mit mir sprach. Sie redete und redete und redete.

»Pearl hat mir alles erzählt, April«, sagte sie.

Ich ließ den Kopf hängen.

»Ja, guck du nur schuldbewusst!«, sagte Groß-Mo. »Du hast sie wirklich geschubst, stimmt's?«

Ich nickte verzweifelt.

»Absichtlich!«, beharrte Groß-Mo.

Ich musste wieder nicken.

»Du hättest sie leicht umbringen können«, sagte Groß-Mo. »Die Jungs hatten Recht, du hättest wirklich zur Mörderin werden können. Ich müsste der Polizei erzählen, was wirklich passiert ist, April.«

Ich wartete mit klopfendem Herzen.

»Doch wir können uns hier keinen Skandal erlauben. Ich ziehe seit über zwanzig Jahren Kinder auf, ohne dass ich je Ärger gehabt habe. Ich hatte die ungezogensten Jungen hier, und nie ist ein Kind verletzt worden, jedenfalls nicht ernsthaft – ein paar Beulen und Schrammen, ein blaues Auge nach einem Faustkampf, aber niemals so etwas. Pearl sagt, du hättest sie ohne jeden Grund angegriffen!«

Ich hatte meine Gründe. Pearl war die Mörderin, sogar eine vierfache. Sie hatte Hortensia, Iris, Viola und Rosalind in winzige Fetzen gerissen.

Ich war so vorsichtig gewesen, damit sie sie niemals zu sehen bekam. Ich hatte heimlich in Gedanken mit ihnen gespielt, wenn Pearl in der Nähe war, und aufgepasst, dass meine Lippen sich nicht bewegten, aber ich war nicht so verrückt, die echten Papiermädchen irgendwo in ihrer Nähe aufzubewahren. Ich wechselte ständig ihr Versteck, nur für den Fall. Sie wohnten in meinem Schuhkarton, und dann zogen sie in meinen feuchten Kulturbeutel, und dann quetschten sie sich zwischen die Seiten von *Wo die wilden Kerle wohnen*.

Sie wären bestimmt sicher gewesen – doch Esme verriet mich. Bevor Pearl kam, hatte ich sie einmal mit meinen Papiermädchen spielen lassen, und sie hatte das nie vergessen.

Esme, Pearl und ich waren im Kinderzimmer. Esme blätterte eine von Groß-Mos Zeitschriften durch, wobei sie ihren Finger anleckte und jede Seite so heftig umblätterte, dass es knallte.

»Lass das, Esme! Du gehst mir auf die Nerven. Wozu tust du das überhaupt? Du kannst ja noch nicht mal lesen.«

»Ich kann lesen. Eine Menge lesen. Ich kann lesen, stimmt's, April?«, protestierte Esme.

»Ja, du kannst toll lesen, Esme«, antwortete ich.

»Quatsch. Sie ist ein hoffnungsloser Fall. Dumm wie eine Qualle«, sagte Pearl.

»Ich bin nicht wie eine Qualle, ich bin dünn, dünn wie ein Streichholz«, behauptete Esme, zog ihren dicken Bauch ein und stolzierte wie ein Model durch das Zimmer.

Pearl verspottete sie, doch Esme schien das nicht zu stören.

»Wie diese Frauen«, meinte Esme und stieß mit dem Finger auf die Fotos in der Zeitschrift. Dann hielt sie inne. »Iris!«, sagte sie. »Guck mal, April, das ist Iris!«

Es stimmte. Es war dasselbe Model, auch wenn ihre Haare anders aussahen und sie einen Badeanzug trug. Es war sehr klug von Esme, dass sie sie erkannt hatte.

»Iris?«, fragte Pearl. »Wovon redet ihr beiden Irren?«

»Iris ist eine von Aprils kleinen Papierfrauen«, sagte Esme. »Sie hat eine, zwei, drei, *vier* hübsche Papierfrauen.«

»Sei still, Esme.«

Aber es war zu spät. Jetzt wusste Pearl Bescheid. Es dauerte eine Weile, bis sie sie gefunden hatte. Ich begann schon zu glauben, dass sie in meinem wollenen Winterstrumpf sicher waren, doch Pearl war wie ein Bluthund.

Ich ging eines Tages nach dem Essen in mein Zimmer und stellte fest, dass die Schublade mit meiner Unterwäsche leicht offen stand. Ich wühlte darin herum und fand einen Strumpf – er war leer. Und dort, tief unten, lag der andere. Darin waren die winzig klein geschnittenen Überreste meiner Mädchen. Ich schüttete sie auf den Teppich und dachte, ich könnte sie vielleicht wieder zusammenkleben und ein oder zwei fehlende Körperteile ersetzen, wie ich es bei Rosalind und ihrem Bein getan hatte. Aber Pearl hatte gründliche Arbeit geleistet. Sie hatte meine Mädchen in Konfetti verwandelt.

Ich versuchte sie mir im Geiste vorzustellen, doch Pearl schien sogar in der Lage zu sein, in meinem Inneren herumzuschnippeln. Ich konnte sie nicht mehr zum Leben erwecken. Iris und Rosalind und Viola und Hortensia waren und blieben kleine Papierfetzen.

Ich begann zu weinen.

»Was 'n los, April?«, fragte Pearl und schob den Kopf in meine Tür. Ihre Zähne blitzten. »Oh, buhu, buhu, du Baby! Will die Kleine ihre rührseligen Püppchen wiederhaben, was? Also ehrlich, du weinst wegen ein paar Papierfetzen! Du bist sogar noch durchgeknallter als die alte Esme. Guck doch hin, du Schnoddernase, es ist bloß *Müll*!«

Sie hob eine Hand voll Blumenmädchen hoch und schmiss sie mir ins Gesicht. Kleine Fetzen in Gelb, Rot, Rosa und Blau blieben in meinen Haaren hängen und flatterten an mir herunter.

Ich hatte das Gefühl, genauso in Stücke zerrissen worden zu sein. Ich wollte zu meiner Mutti, ich wollte zu Papa, aber sie waren nicht mehr da. Ich hatte niemanden. Ich war niemand.

Pearl rollte einen winzigen rosa Schnipsel zwischen ihren Fingern, vermutlich ein Teil von Rosalinds neuem Bein, das ich ihr mit so viel Mühe angepasst hatte. Pearl lachte und schnipste es dann weg, als wäre es ein widerlicher Popel. Plötzlich konnte ich es nicht mehr ertragen. Ich stürzte auf sie zu. Sie sah, dass es mir ernst war. Sie lief los, doch ich holte sie auf dem Treppenabsatz ein. Ich stieß sie fest gegen die Brust, und sie stolperte rückwärts – weiter und weiter, und dann wankte sie und fiel nach hinten, die Treppe hinunter.

»Du hast sie mit Absicht geschubst, stimmt's, April?«, wiederholte Groß-Mo. »Ohne jeden Grund?«

Ich nickte, weil ich sie tatsächlich geschubst hatte, und das aus keinem Grund, den Groß-Mo je verstehen würde.

Ich habe es niemals jemandem erzählt, noch nicht einmal Marion.

12. Kapitel

Vielleicht würde Marion es sogar verstehen. Sie ist so komisch. Manchmal macht sie ein endloses Theater darum, wenn ich ein bisschen frech bin oder vergesse, mein Bett zu machen. Sie tut so, als sei ich das schrecklichste Mädchen auf der Welt. Aber als sie alles über meine Vergangenheit erfuhr, zuckte sie nicht mal mit der Wimper. Sie hat mich trotzdem genommen. Sie scheint mir auch zu vertrauen, denn sie lässt ihre Handtasche herumliegen und schließt ihre Wertsachen niemals weg, obwohl sie genau weiß, was ich in Sunnybank getan habe.

Dahin wurde ich geschickt, weil Groß-Mo meinte, ich wäre eine Gefahr für die anderen Kinder. Sunnybank war ein besonderes Kinderheim, eine Müllkippe für schlecht einzuordnende Kinder. Und sie *waren* schlecht. Vor allem ein paar der älteren Mädchen. Gina und Venetia und Rayanne hatten ihre eigene Mädchen-Gang. Gina war die Älteste und die Schlimmste. Alle hatten Angst vor Gina, sogar ein paar der Erzieher. Aber ich hatte keine Probleme mit ihr, denn sie nahm mich unter ihre Fittiche.

Ich sollte jetzt wirklich nach Hause gehen. Ich bin schon fast am Bahnhof, die Tageskarte in der Hand. Mit ein bisschen Glück bin ich zu Hause, bevor Marion ihre

Schicht in dem Eine-Welt-Laden beendet hat. Dann wird sie glauben, dass ich den ganzen Tag in der Schule war.

Ich war heute Morgen so gemein zu ihr. Okay, sie ist auch gemein zu mir, weil sie mir mein Handy nicht gönnt – aber mit diesen Ohrringen hat sie sich wirklich Mühe gegeben. Ich könnte mich entschuldigen und die Ohrringe tragen und ihr zeigen, wie hübsch sie aussehen. Vielleicht hat sie mir zum Tee einen Geburtstagskuchen besorgt. Neulich erst haben wir uns welche im Kaufhaus angesehen. Ich könnte Cathy und Hannah anrufen und sie fragen, ob sie zum Kuchen rüberkommen wollen. Obwohl ich sie erst schwören lassen müsste, dass sie nichts von meiner Schwänzerei erzählen.

Ich weiß gar nicht, was ich *ihnen* erzählen soll. Ich könnte sagen, ich hatte einfach Lust dazu, aber das würden sie mir nicht abnehmen. Sie halten mich für so ein braves Mädchen. Niemals in einer Million Jahren würden sie all das glauben, was ich in Sunnybank getan habe.

Es sah nicht aus wie ein Kinderheim. Es war ein großes umgebautes Pseudo-Tudor-Haus mit großem Garten. Eine runde Sonne mit Strahlen war in das Eingangstor geschnitzt. Wenn ich auf dem Tor schaukelte, fuhr ich immer mit den Fingern an den Strahlen entlang. Einmal klemmte ich mir aus Versehen den Finger, und Gina nuckelte für mich daran, damit der Schmerz aufhörte, und dann schenkte sie mir eine ganze Packung Schokodrops.

Ich war Ginas Baby. Sie mochte es, wenn ich mich jünger stellte, als ich war, wie ein richtiges kleines Kind, also fing ich in ihrer Nähe an zu lispeln und nuckelte am Daumen. In diesem ersten Sommer in Sunnybank war es sehr heiß, und ich baute mir aus einer großen Plastikwanne mein eigenes kleines Planschbecken. Wir lagen stundenlang in der Sonne, und Ginas dunkle Haut wurde mahagonifarben. Aber sie achtete darauf, dass meine dünnen Schultern, Arme und Beine mit Sonnencreme eingerieben waren. Sie passte genauso auf mich auf wie Mutti.

Sie passte auch nachts auf mich auf, wenn sie und Venetia und Rayanne mich nach Mitternacht hinausschmuggelten. Nicht jede Nacht, nur, wenn Billy und Lulu Aufsicht hatten. Die beiden schliefen immer fest und rührten sich nie. Dann krochen Gina und ihre Gang nach draußen – und auch eine Menge Jungs, obwohl wir mit denen nie etwas zu tun hatten. Gina organisierte uns Mädchen zu einer sehr effizienten Diebesbande. Ich war Ginas Schlüsselfigur beim Einbrechen, weil ich so klein war.

Die meisten Leute ließen ihre Badezimmerfenster offen stehen. Gina hob mich die Regenrinne hinauf, und ich kletterte den Rest des Weges nach oben und schob dann meinen Arm bis zur Schulter durch das Fenster, schob den Kopf hinterher, wand mich bis zur Hüfte hindurch, versuchte, meine Hände innen aufs Fensterbrett zu stützen, und ließ dann ein Bein nach dem anderen herunter, um im Waschbecken zu landen.

Beim ersten Mal dachte ich, ich würde für immer stecken bleiben, mit dem Kopf in einem fremden Badezimmer und Po und Beine in der schwarzen Nachtluft hinter mir. Ich schniefte und biss mir auf die Unterlippe, damit ich keinen Laut von mir gab, dann versuchte ich mich ein letztes Mal verzweifelt loszuwinden und landete mit Schwung vornüber, wobei ich mir den Kopf so heftig am Kaltwasserhahn stieß, dass ich beinahe bewusstlos wurde.

Ich steigerte meine Fähigkeiten im Einbrechen beträchtlich, aber ich habe es immer gehasst. Manchmal pinkelte ich mir während dieser nächtlichen Diebesaktionen in die Hose oder noch Schlimmeres, so viel Angst hatte ich, gefasst zu werden. Ich musste im Stockdunkeln aus dem fremden Badezimmer kriechen und den Weg über die Treppe hinunter suchen, wobei ich bei jedem Dielenknacken die Luft anhielt und lauschte, ob sich hinter den Schlafzimmertüren etwas bewegte. Permanent sah ich über meine Schulter, falls irgendjemand hinter mir her schlich, mich fangen wollte, um mich der Polizei zu übergeben.

Ich musste die Treppe hinunterschleichen und dann herausfinden, wie ich Gina die Hintertür öffnen konnte – und Rayanne und Venetia, falls sie alle – nur so aus Spaß – mitgekommen waren. Sie schienen es wirklich lustig zu finden. Ich hasste jede Sekunde, sogar, wenn alles wie am Schnürchen lief – und oft tat es das nicht. Einmal konnte ich nicht herauskriegen, wie all diese Riegel und Schlösser an der Hintertür funktionierten, und ich zog und zerrte ewig daran herum, während Gina ungeduldig aus dem Garten zu mir hereinflüsterte. Und dann hörte ich das Stampfen von Füßen über meinem Kopf, und dann Geräusche von Hausschuhen, die die Treppe herunterkamen.

Ich wedelte Gina hektisch mit der Hand durch das Küchenfenster zu. Sie deutete zur Haustür, doch die Schritte waren mittlerweile beinahe unten im Flur angekommen, und man würde mich sofort erwischen. Ich schüttelte mit dem Kopf, und Gina tauchte plötzlich weg.

Ich dachte, sie würde mich im Stich lassen, und begann zu weinen, doch da tauchte sie wieder auf, ihren Schuh in der Hand. Sie zerschlug das Fenster, steckte ihren Arm hindurch, packte mich und zog. Als der Mann das zerbrochene Fenster erreicht hatte, waren wir schon über den Gartenzaun verschwunden. Ich hatte Scherben in den Haaren, und meine Hände bluteten nach all dem Riegelgezerre, aber immerhin waren wir entkommen. Diesmal. Es war so schrecklich zu wissen, dass es ein nächstes Mal geben würde – und noch eins und noch eins.

Es war nicht nur die Angst, erwischt zu werden. Es war einfach zu schrecklich, zu wissen, dass ich direkt in die Hölle wandern würde, weil ich eine Diebin war. Mutti hatte mir beigebracht, dass Stehlen etwas Schlimmes war, und sei es nur eine heruntergefallene Weintraube in der Lebensmittelabteilung im Supermarkt. Als sie mich beim Kauen erwischte, schimpfte sie mich so eindringlich aus, dass ich abends nicht ins Bett gehen wollte, aus Angst, im Schlaf direkt in die Hölle zu fahren. Ich war April, die schreckliche Weintraubendiebin, und ich würde den Rest meines Lebens brav sein müssen, um das wieder gutzumachen.

Doch ich hatte Pearl beinahe umgebracht, und darum

hatte man mich mit all diesen bösen Mädchen zusammengesperrt – und nun war ich auch böse.

Ich schätze, ich hatte keine große Wahl. Mit Gina konnte man auf jeden Fall nicht diskutieren. Man verpetzte sie auch nicht. Es war auch kaum jemand da, an den man sie hätte verpetzen können. Die Erzieher vom Kinderheim wechselten ständig. Einmal kam eine zu uns und stritt sich gleich mit Venetia. Venetia schlug sie, und sie schlug Venetia zurück, woraufhin sie eine Stunde nach ihrer Ankunft wieder gehen musste, was selbst für unser Kinderheim rekordverdächtig war.

Billy war am längsten dort, aber er fürchtete sich vor Gina und ihrer Gang. Er hatte vor fast jedem Angst. Sogar vor mir. Ich lernte, ihn bösartig anzustarren, wobei ich die Augen so weit aufriss, dass sie mir beinahe herausfielen. Es machte ihn echt fertig. Er hatte meine Akte gelesen. Vielleicht dachte er, ich hätte ihn mir als mein nächstes Opfer ausgewählt.

Lulu war auf eine sentimentale Art nett, aber sie hörte nie zu. Sie nickte und sah in deine Richtung, aber sie dachte dabei nur an ihren Freund Bob, einen großen, schlaksigen Typen, der mit ihr fernsah, wenn sie Nachtdienst hatte. Sie trugen passende T-Shirts. Auf Lulus stand I LOVE BOB, und auf Bobs stand I LOVE LULU. Auch wenn er nicht in der Nähe war, waren Lulus Antennen immer auf Bob gerichtet, als trüge sie unsichtbare Empfänger.

Also hielt ich den Mund. Ich hielt auch in meiner

neuen Schule den Mund. Ich hatte keine Energie mehr, neue Freunde zu finden, also blieb ich für mich und versteckte mich in der Pause auf der Toilette. Im Unterricht sagte ich kein Wort. Es war angenehmer, wenn jeder dachte, dass ich zu blöd für die richtigen Antworten sei. Ich fühlte mich tatsächlich zu blöd, mein Hirn war ständig umnebelt, weil ich nie genug Schlaf bekam. Es war leicht für Gina und Venetia und Rayanne, weil sie ohne Aufsicht den Weg zur weiterführenden Schule gingen und einfach schwänzen konnten. Aber ich wurde im Minibus des Kinderheims in die Grundschule gefahren. Auf beide Seiten des Autos waren eine große Sonne und die Worte SUNNYBANK KINDERHEIM gemalt, aber irgendwer hatte das S mit Spray in ein F verwandelt und dazugeschrieben: FÜR TOTAL IRRE. Ich hatte das Gefühl, als wäre ich selbst mit dieser knallroten Farbe besprüht.

Einmal in der Woche schickte man mich zu einer seltsamen Frau mit einer Menge Spielzeug in ihrem Büro. Ich dachte, sie wäre eine spezielle Lehrerin und ich bekäme irgendwelche besonders einfachen Stunden, aber jetzt weiß ich, dass sie wohl irgendeine Art Psychiater gewesen ist. Sie mussten herausfinden, ob ich wirklich böse war – oder irre, durchgeknallt, wie meine Schulkameraden dachten.

Ich konnte mich nicht entscheiden, was schlimmer war. Ich wusste, dass ich böse war. Im Traum wurde ich immer noch von Pearl verfolgt, und wenn sie sich mir näherte, schubste ich sie wieder. Jetzt war ich auch noch ein Dieb und zog mit Gina Nacht für Nacht herum. Die Nachbarschaft kochte vor Wut wegen all der Einbrüche. Die Polizei hatte das Kinderheim besucht und dort ermittelt. Ich machte mir beinahe in die Hose, als ich die Männer in Uniform sah, doch Gina blieb ruhig und antwortete auf alle Fragen mit beiläufigem Grunzen und Schulterzucken. Venetia und Rayanne verhielten sich ähnlich unbekümmert.

Die Jungs versuchten alle, sehr clever zu wirken, wurden aggressiv und warfen der Polizei Belästigung vor. Gina grinste schadenfroh, denn sie wusste, dass die Jungs bei der Polizei ganz oben auf der Liste der Verdächtigen standen.

Niemand dachte an mich. Ich wurde noch nicht einmal befragt.

Während meiner Therapiestunden verlor ich kein Wort über all das. Ich spielte gehorsam mit den komischen Puppen im Büro dieser Frau und ging besonders vorsichtig mit ihnen um, weil sie alle sehr realistisch aussehende Hinterteile hatten. Ich räumte das Puppenhaus um und legte die Mamapuppe in die Badewanne. Ich schloss die Papapuppe in den Schrank ein. Die Babypuppe drehte ich unschlüssig in meinen Fingern. Ich konnte keine Spielzeugmülltonne finden.

Ich malte eine Mülltonne mit den Filzstiften der Frau, aber sie beobachtete mich dabei, und ich wurde nervös. Ich verwandelte die Mülltonne in eine große Vase und malte Blumen in allen möglichen Farben. Rot und gelb und blau und rosa. Dann weinte ich, aber die Frau wusste nicht, warum.

Gina sah, dass ich geweint hatte, als ich wieder ins Kinderheim kam. Ich erzählte ihr von Iris, Rosalind, Viola und Hortensia und wie sehr ich sie noch immer vermisste. Sie dachte, ich wäre bescheuert, weil ich mich wegen ein paar Papierpuppen, die keinen Penny wert waren, so aufregte. Aber ich ließ trotzdem den Kopf hängen und schniefte.

»Sei nicht mehr traurig, April«, sagte sie.

Ich versuchte es, aber ohne Erfolg.

»Ich werde dich aufmuntern. Wart's nur ab«, sagte Gina.

Sie zog am Samstag ohne mich durch die Läden. Und kam mit einem Haufen Barbiepuppen zurück, die sie mir in den Arm drückte.

»Hier, echte Puppen!«, sagte Gina triumphierend. »Das ist viel besser als olle Papierpuppen, stimmt's?«

Ich befühlte ihre spitzen Finger und spitzen Brüste und spitzen Füße. Heimlich trauerte ich weiter um meine Blumenmädchen, aber die Barbiepuppen waren herrlich mondän. Ich konnte nicht offen mit ihnen spielen, weil Billy oder Lulu sich gefragt hätten, wo zum Teufel ich die her hatte, aber ich spielte wundervolle Geheimspiele mit ihnen im Schrank, wobei ich die Tür nur ein bisschen offen ließ, um einen Lichtstrahl hereinzulassen. Ich spielte, es sei unser Haus, und Barbie Ann und Barbie Beth und Barbie Chris und Barbie Denise und ich wohnten dort zusammen und frisierten uns gegenseitig und tauschten Kleider und teilten Geheimnisse.

Gina kroch manchmal mit zu mir in den Schrank und

spielte auch mit. Es war ein bisschen eng, weil Gina so groß war. Sie war auch ungeduldig und zerrte zu fest an den winzigen Kleidungsstücken, so dass sie Risse bekamen, aber ich konnte es ihr schlecht verbieten.

Einmal kam eines der anderen Mädchen dazu; nicht Venetia oder Rayanne, sondern ein trauriges Mädchen namens Claire mit langen, struppigen Haaren, die mit niemandem befreundet war. Niemand sprach mit ihr. Sie kann nicht sehr alt gewesen sein, denn sie ging auch in die Grundschule, obwohl sie wie ein Teenager aussah. Sie benahm sich auch so und hing mit den großen Jungs herum und erlaubte ihnen alles, was sie wollten.

Claire versuchte, sich mit mir anzufreunden, aber Gina war absolut nicht damit einverstanden, also war es unmöglich. Sie schlich trotzdem hin und wieder in mein Zimmer und erwischte mich einmal dabei, wie ich mit meinen Barbiepuppen spielte. Sie sah mich mit flehendem Blick an, aber ich wagte nicht, sie zu meinem Spiel einzuladen, falls Gina uns dabei erwischen würde.

Am nächsten Tag waren die Barbiepuppen weg. Sie waren nicht in ihrem Schuhkarton-Bett hinten im Schrank. Sie waren auch nicht in meine Turnschuhe oder meine Stiefel geklettert, auch wenn ich sie ausschüttelte, um ganz sicherzugehen. Sie waren nicht auf ihren kleinen Zehenspitzen über den Teppich geschlichen, um sich in meinen Nachtschrank zu quetschen oder in meinen T-Shirts Zelt zu spielen. Sie guckten weder aus meiner Morgenmanteltasche, noch lagen sie geknickt in meinem Federmäppchen. Sie waren nirgendwo, aber ich suchte und suchte.

Ich wusste, dass Gina durchdrehen würde. Sie war nicht sauer auf mich. Sie wurde sauer auf Claire, weil sie beschloss, dass sie Schuld haben musste, obwohl ich kein Wort darüber verlor, dass sie die Barbies gesehen hatte. Claire schwor, sie wüsste nicht, wovon Gina überhaupt redete, und blieb sogar bei ihrer Geschichte, als Gina sie heftig an den Haaren zog. Ich schätze, sie bat Gina aufzuhören, doch niemand konnte Gina aufhalten, wenn sie erst einmal angefangen hatte. Sie stieß das arme Mädchen gegen die Wand und begann, ihr Zimmer zu durchwühlen, wobei sie die Hälfte ihrer Sachen kaputtmachte. Ich begann zu heulen, und Gina verstand mich falsch.

»Beruhig dich, April, ich hol dir deine Barbies wieder«, sagte sie.

Sie warf die Bettdecke in die Höhe, schmiss die Kissen auf den Boden und zerrte dann an der Matratze. Claire quiekte, und Gina riss sie triumphierend nach oben. Dort unten lagen die Barbies begraben, jede in ein weißes Papiertaschentuch gewickelt wie in ein Leichentuch.

»Ich wusste, dass du sie hast, du dreckige kleine Diebin«, spuckte Gina aus. »Na, das wird dir Leid tun.«

Natürlich war auch Gina eine Diebin. Sie hatte die Barbiepuppen vermutlich selbst gestohlen. Aber das war etwas anderes. Sie hatte sie *fur mich* gestohlen. Diese Art des Stehlens schien in Sunnybank weniger schlimm zu sein. Es war die Art, wie man an Dinge herankam, wie man sich seine Sachen besorgte.

Heute fühle ich mich schlecht damit. Ich will nicht mehr daran denken. Aber warum steige ich dann am Bahnhof in den falschen Zug? Warum fahre ich zurück nach Sunnybank? Gina wird nicht mehr da sein. Sie ist jetzt einundzwanzig oder zweiundzwanzig. Ich kann sie mir als Erwachsene nicht vorstellen. Was sie jetzt wohl macht? Vielleicht ist sie im Gefängnis.

13. Kapitel

Es hat eine Weile gedauert, bis ich es gefunden habe. Ich habe schon fast geglaubt, dass ich mir alles vielleicht nur ausgedacht habe. Aber hier ist es. Hier ist das Tor mit den Sonnenstrahlen. Ich lasse meine Finger daran rauf- und runtergleiten, während ich das weiße Haus mit der gelben Tür anstarre. Ich fühle gar nichts. Als würde ich in einem Film mitspielen. Das hier ist nur ein hölzernes Tor. Sunnybank ist einfach ein großes Haus. Vielleicht ist es noch nicht mal mehr ein Kinderheim.

Wem will ich hier eigentlich etwas vormachen? Das stoppelige Gras ist übersät mit Spielzeug, und unter dem Vordach stehen massenhaft Fahrräder und Skateboards. Ein zerbeulter Minibus steht auf der Auffahrt. Ob Billy ihn immer noch fährt?

Ich will ihn nicht sehen, auch Lulu nicht, auch wenn sie immer noch hier arbeiten. Die Einzige, die ich wirklich gern sehen möchte, ist Gina.

Ich weinte endlos, als ich Sunnybank verlassen musste. Gina und ich waren erwischt worden. Lulu und Billy warteten auf uns, als wir im Morgengrauen nach einer Einbruchsnacht ins Haus schlichen. Es war Claire. Sie hatte es ihnen erzählt. Wir hatten keine Chance, uns rauszureden.

In Ginas Jacke steckte ein Stapel CDs, und in der Tasche hatte sie dreihundert Pfund und ein Taschentuch voller Goldschmuck.

Also wurde ich auf eine Spezialschule geschickt. Ich weiß nicht, warum sie Gina nicht auch wegschickten. Vielleicht war sie zu alt, oder man glaubte, sie würde sich sowieso nicht mehr ändern. Diese neue Schule sollte mir eine neue Chance geben.

Ich wollte nicht gehen, aber niemand hörte auf mich. Das ist das Gruseligste von allem, wenn man bei der Fürsorge ist. Man hat keine Wahl. Man wird einfach weggeschoben und irgendwohin geschickt.

Ich hatte das Gefühl, man schmiss mich aus Sunnybank raus, weil man von mir die Nase voll hatte. In der letzten Woche durfte ich keinen Kontakt mehr zu Gina haben. Natürlich gab es keine mitternächtlichen Ausflüge mehr. Es wurde ein neues Vorhängeschloss und ein Alarmsystem an der Vordertür, der Hintertür und sogar an den Fenstern installiert. Lulu entwickelte ein neues Regime und stand in den Morgenstunden auf, um zu prüfen, ob wir alle im Bett lagen.

Ich wartete, bis sie an jedem vorbeigeschlurft war. Dann kroch ich hinaus und suchte nach Gina. Ich kletterte in ihr Bett, und sie nahm mich in den Arm und nannte mich ihr Baby. Ich weinte, und ich glaube, Gina weinte auch ein bisschen, denn ihre Wange war nass, als sie mir einen Kuss gab. Wir blieben bis zum Morgen so aneinander gekuschelt, ich in Ginas Arm.

Ich habe sie nie wieder gesehen. Sie schrieb mir einmal aus der Schule, aber sie war keine große Briefeschreiberin, also malte sie mir bloß ein Bild und schrieb darunter mit großen Schwüngen ihren Namen und fügte eine Menge Küsse hinzu.

Ich schrieb ihr im ersten Jahr jede Woche, auch wenn ich die Hoffung auf eine Antwort aufgab.

Vielleicht könnte ich ihr noch ein letztes Mal schreiben. Die Erzieher von Sunnybank haben vielleicht ihre Adresse. Ich öffne das Sonnentor und gehe den Weg hinauf. Ich starre die Tür an und klopfe dann zweimal schnell mit dem Türklopfer an die Tür.

Eine blonde Frau in Latzhose öffnet mir. Ein Geschirrhandtuch ist um ihre Hüfte gewickelt. Ihre Haare sind mit Schleifen in kleine Bündel geteilt. Lulu trug oft alberne, abstehende Zöpfe. Wenn man mit Kindern arbeitet, will man oft auch selber kindlich aussehen.

»Lulu arbeitet wohl nicht mehr hier, oder?«, frage ich.

Sie schüttelt den Kopf, dass die Schleifen wippen.

»Ich glaube, es hat mal eine Lulu gegeben, aber ich habe sie nie gekannt.«

»Wie ist es mit Billy?«

Die Schleifen wippen wieder.

»Willst du Kontakt zu ihnen aufnehmen?«

»Na ja, nicht wirklich. Es geht mehr um ein Mädchen, Gina –!«

»Oh, Gina!«, sagt sie.

»Kennen Sie sie?«

»Alle kennen Gina«, meint sie lächelnd.

»Aber sie kann doch unmöglich noch hier wohnen!«

»Nein, aber sie besucht uns oft, und sie macht auch bei unserer Vortragsreihe mit.«

»Gina hält *Vorträge*?«

»Sie besucht alle Kinderheime in der Gegend und spricht mit den Kindern. Sie ist einfach wunderbar. Die Kinder haben wirklich einen Draht zu ihr, weil sie das System selbst durchgemacht hat. Was ist mir dir?« Sie betrachtet zweifelnd meine Schuluniform. »Hast du auch mal hier gewohnt?«

»Nur kurz. Ich war mit Gina befreundet. Aber ich glaube, das war wohl eine andere Gina.«

»Es gibt nur eine Gina! Sie wohnt hier ganz in der Nähe im Kempton Gebäude. Siehst du die Hochhäuser da? Sie wohnt im obersten Stock vom Südblock, Nummer 144. Warum gehst du nicht hin und besuchst sie? Bestimmt freut sie sich, dich zu sehen.«

Ich gehe zu den Häusern rüber, auch wenn ich davon überzeugt bin, dass es sinnlos ist. Sie kann unmöglich meine Gina sein. Diese Gina hier hält Vorträge. Das einzige Thema, über das meine Gina Vorträge halten könnte, ist einbrechen.

Vielleicht ist das sowieso überhaupt keine gute Idee. Ich weiß ja gar nicht, wie es bei diesen Hochhäusern so ist. Für heute hatte ich genug gruselige Begegnungen. Ich sehe mich misstrauisch um, und als irgendein kleines Kind hinter mir auf seinem Skateboard klappert, fahre ich heftig zusammen. Das Kind johlt mich an und zischt davon.

Ich versuche, mich nicht wie ein Baby zu benehmen. Das Gebäude sieht gar nicht so schlecht aus. Ich glaube, einige sind Eigentumswohnungen, weil schicke Vorhänge und Topfpflanzen in den Fenster zu sehen sind und weil die Haustüren entlang der Balkone in allen Regenbogenfarben lackiert wurden. Als ich zu dem Teil mit den ausgebrannten Mülltonnen und den voll geschmierten Wänden komme, bin ich nicht mehr so sicher. Ich drücke auf den Fahrstuhlknopf, warte eine Ewigkeit und steige dann vorsichtig ein, wobei ich eine Pfütze umgehe.

Ich drücke auf den Knopf für das oberste Stockwerk, doch der Fahrstuhl hält mitten auf dem Weg, und zwei Typen mit rasierten Köpfen und Nieten platzen herein. Ich schlucke und mache einen Schritt zurück. Gott sei Dank beachten sie mich gar nicht. Ich schiele auf all ihre Piercings und frage mich, was Marion sagen würde, wenn ich so nach Hause kommen würde. Einer von beiden merkt, dass ich ihn anstarre, und streckt mir seine genietete Zunge raus. Ich lache zitternd und presche im vierzehnten Stock aus dem Fahrstuhl.

Ich habe das Gefühl, als wäre ich auf dem Gipfel der Welt angekommen. Ich kann meilenweit umhersehen – aber dabei muss ich mich am Geländer festhalten, weil ich sonst vielleicht vornüber gesaugt werde. Ich drücke mich mit dem Rücken am Balkon entlang, bis ich die Tür von Nummer 144 gefunden habe. Ich bewege den Türklopfer ganz leise, sodass sie es vermutlich gar nicht hört. Es wird sowieso nicht meine Gina sein.

Eine junge Frau kommt an die Tür. Sie ist barfuß, in Jeans und einem großen blauen Hemd. Ein wunderhübsches lockiges Baby sitzt auf ihrer Hüfte. Sie starrt mich mit zur Seite gelegtem Kopf an.

Das ist nicht Gina.

»Es tut mir Leid«, stottere ich. »Ich suche nach …«

Oder ist es doch Gina? Sie ist groß, sie ist breit, sie ist schwarzhaarig, aber sie ist so *anders*. Diese Gina ist erwachsen und attraktiv, ein Künstlertyp, mit wunderschönen langen Haaren, die aufwändig geflochten und frisiert sind. Sie trägt einen Diamanten in der Nase und Halbmond-Ohrringe und Armreifen, die an ihren dicken Armen klingeln. Sie sieht nicht verärgert aus, sie hat ein freundliches Lächeln. Und das breitet sich plötzlich aus.

»April!«, ruft sie. »Meine kleine April!«

Sie umarmt mich fest, wobei ihr Baby zwischen uns eingequetscht wird. Ich atme ihren vertrauten warmen, puderigen, moschusartigen Geruch ein.

»Du bist doch Gina!«, sage ich und breche in Tränen aus.

»Jap, und du bist ganz sicher April«, lacht Gina. »Du hast schon immer so viel geweint wie ein Baby – aber du warst auch mein Baby, stimmt's? Hey, was hältst du von meinem echten Baby hier, hm?« Sie hält stolz ihr Kind hoch, küsst und kitzelt es. Es windet sich kichernd.

»Sie ist süß.«

»Er! Er heißt Benjamin. Keine Sorge, jeder hält ihn für ein Mädchen, weil er so hübsch ist – und vermutlich auch wegen seiner Locken. Alle nerven mich damit, ich soll ihn zum Frisör bringen, aber es wäre doch ein Verbrechen, all seine Löckchen abzuschneiden, stimmt's, mein Kleiner?«

Benjamin lacht und schüttelt den Kopf, dass die Locken hüpfen.

»Ja, du hast wunderschöne Locken«, schniefe ich.

»Du brauchst wie immer ein Taschentuch! Komm rein, April. Das ist ja so genial! Ich kann es nicht glauben. Wie alt bist du denn jetzt? Elf, zwölf?«

»Ich bin vierzehn. Genau heute.«

»Wow! Herzlichen Glückwunsch, Kleine!«

Sie steuert mich mit ihrem freien Arm in die Wohnung. Der Flur ist in Schwimmbad-Grün gemalt, und Delphine tauchen an den Wänden auf und ab. Das Wohnzimmer ist lila mit roten Vorhängen und großen roten Samtkissen und einem riesigen schwarzweißen Pandabären, der in seinem eigenen roten Schaukelstuhl hockt. Ich folge Gina in ihre Küche. Sie ist so knallgelb, dass man eine Sonnenbrille braucht. Gina reicht mir ein großes Stück Küchenpapier, steckt Benjamin mit einem Zwieback in seinen Hochstuhl und setzt dann einen Kessel mit Wasser auf.

»Deine Wohnung ist toll«, sage ich schüchtern und putze mir die Nase.

»Yeah, genial, oder? Ich habe mir ein paar der älteren Kinder aus Sunnybank geholt, um mir beim Malen zu helfen«, sagt sie und stellt geblümte Becher hin. »Warst du da?«

»Ich habe versucht, dich zu finden.«

»Oh, April, jetzt fang ich gleich an zu weinen«, sagt Gina und nimmt mich wieder in den Arm. Dann lacht sie. »Ich wette, du hast gestaunt, dass ich heute die brave Miss Gina bin! Weißt du noch, was wir alles angestellt haben? Du warst eine richtige kleine Fassadenkletterin, als du klein warst! Du bist jede Regenrinne hochgeflitzt und hast dich blitzschnell durchs Fenster gequetscht.«

»Hast du Ersatz für mich gefunden, nachdem ich weg war?«

»Nein. Verglichen mit dir war das nur Müll. Und irgendwie hatte ich auch die Lust verloren. Ich habe dich vermisst, Kleine.«

»Du hast mir nicht geschrieben.«

»Habe ich doch!«

»Du hast mir ein Bild geschickt.«

»Na ja, ich war nie gut im Briefeschreiben – und bei all den Jungs in Sunnybank konnte man nie an den Computer rankommen. Aber ich wollte auch gar nicht schreiben. Ich war nicht besonders stolz auf mich. Ich war so eine Idiotin und habe eine Menge Mist gebaut, und dann bekam ich ein Baby, was ein großer Fehler war.«

»Benjamin?«

»Nein, das war ein anderes Kind. Ich war damals selbst fast noch ein Kind.«

Das Wasser im Kessel kocht. Ich habe das Gefühl, als würden meine eigenen Gedanken auch blubbern.

»Was ist mit ihm passiert?«, frage ich. »Hast du – hast du es weggegeben?«

Eine Träne rinnt Gina die Wange herunter. »Sie wurde mir weggenommen. Ich war keine gute Mutter.«

»Aber du bist wundervoll mit Benjamin!«

»Aber mit meiner Amy war ich es nicht. Oh, ich liebte sie, ich liebte sie wahnsinnig, aber die meiste Zeit war ich nicht ganz bei mir, weil ich allen möglichen Kram schluckte und nicht wusste, ob ich gerade kam oder ging. Sie hatten mir diese Wohnung gegeben und versucht, mich zu stabilisieren, aber ich konnte nicht für mich selbst sorgen, ganz zu schweigen von dem Baby. Sie war oft krank. Ich wurde auch krank. Die meiste Zeit habe ich geklaut. Ich wurde gefasst, und sie schickten mich zu dieser Rehabilitationsstelle – und sie gaben Amy zur Fürsorge.«

»Oh, Gina.« Ich lege den Arm um sie.

»Nein, du brauchst kein Mitleid mit mir zu haben. Es war meine eigene Schuld. Ich war komplett fertig. Ich habe alles vermasselt.«

»Aber wie konnten sie sie dir wegnehmen, wenn du sie geliebt hast? Sie gehörte dir! Hätte sie nicht bei dir bleiben können?«

»Nicht hier. Vielleicht hätte ich mich mehr bemühen sollen, sie zu behalten. Ich hatte bloß das Gefühl, mit mir würde sie ein echt mieses Leben haben. Ich glaube nicht, dass sie jemanden wie mich zur Mama haben wollte. Ich wollte auch nicht, dass sie wie ein Paket herumgereicht würde und in verschiedene Kinderheime gesteckt wird, so wie ich. Also ließ ich sie adoptieren. Jetzt hat sie eine wundervolle neue Familie.« Gina lächelt, auch wenn ihr die Tränen immer noch die Wangen herunterrollen. »Sieh mich nicht so an, April. Ich dachte, es wäre das Beste so. Sie ist jetzt glücklich, das weiß ich. Und ich bin es auch. Nachdem ich sie weggegeben hatte, bin ich etwas durchgedreht. Dann war ich eine Zeit lang auf dieser Spezialabteilung, aber schließlich habe ich mich wieder eingekriegt und all meine schlechten Angewohnheiten aufgegeben – und jetzt sieh mich an!

Ich muss immer noch ein paar Prüfungen schaffen. Ich brauche Ewigkeiten dafür, du weißt ja, das Schreiben, aber ich schaffe es. Ich werde Sozialarbeiterin. Und bestimmt kein alter Softie. Ich werde diesen Kids die Hölle heiß machen, wenn sie aus der Reihe tanzen – aber zumindest weiß ich, wie es für sie ist. Die werden mir nicht auf der Nase rumtanzen. Ich habe all das selbst erlebt und alles vermasselt. Ich halte diese Vorträge, ja, und erzähl den Leuten alles davon. Ein paar der harten Nüsse wollen nichts davon wissen, aber die Jüngeren haben ein bisschen Respekt vor mir.«

»Ich habe Respekt vor dir, Gina«, murmel ich und werde rot, weil es sich ein bisschen komisch anhört.

»Das will ich doch hoffen!«, sagt Gina. Sie macht uns beiden einen Becher Tee und gibt Benjamin eine Flasche Milch. Dann grinst sie mich an. »Okay, April, was bekommen Geburtstagskinder?«

Ich blinzel mit den Augen.

»Kuchen!« Gina öffnet einen Schrank und nimmt eine große Blechdose heraus. Sie öffnet sie mit schwungvoller Bewegung. Ich sehe die Hälfte eines rosa glasierten Biskuitkuchens, der mit Smarties gespickt ist und auf dem mit geschwungenen Buchstaben ›Happy Birthday‹ steht. »Ich wusste, dass du heute kommst!«

Ich starre sie an. Gina lacht.

»Das war nur ein Witz, Dummerchen. Ich habe ihn für eins der Nachbarkinder gemacht. Ich leite diesen Club, weißt du, so eine Art Kindergarten. Benjamin liebt es, weil alle mit ihm spielen wollen. Und immer, wenn jemand Geburtstag hat, backe ich einen Kuchen.«

Ich denke an Marion zu Hause, die vielleicht einen gekauften Geburtstagskuchen auf ihrer guten Kristallplatte auf den Tisch gestellt hat. Sie fragt sich bestimmt, warum ich so spät aus der Schule komme. Wahrscheinlich macht sie sich schon Sorgen.

Wenn ich ein Handy hätte, könnte ich sie anrufen. Sie hat selber Schuld.

Das ist totaler Mist. Ich bin Mist.

Ich muss die ganze Zeit an sie denken, während ich mit Gina klöne und Geburtstagskuchen esse und Benjamin mit kleinen Stückchen von der Glasur füttere.

Ich könnte Gina fragen, ob ich ihr Telefon benutzen kann. Ich will es wirklich. Aber ich kann nicht. Marion wird wissen wollen, wo ich bin. Wenn sie herausfindet, dass ich die Schule geschwänzt habe, wird sie richtig sauer werden.

Ich könnte ihr erzählen, dass ich bei Cathy oder Hannah bin. Aber dann wird sie hinfahren wollen, um mich abzuholen. Das ist alles zu kompliziert.

Ich werde sie nicht anrufen, sondern direkt nach Hause fahren und ihr sagen, wie Leid es mir tut und dass ich es irgendwie wieder gutmachen werde.

»Ich gehe jetzt lieber, Gina. Meine Stiefmutter wird sich fragen, wo ich stecke.«

»Du bist ein liebes Kind, April«, sagt Gina.

Ich bin böse, ich bin böse, ich bin böse.

Gina drückt mich noch mal fest, als wir uns verabschieden. Ich klammere mich an sie und wünschte, ich wäre so klein wie Benjamin, damit sie mich den ganzen Tag herumtragen könnte.

»Meld dich mal, Kleine«, sagt Gina. »Schreibst du mir? Diesmal schreibe ich auch richtig zurück, versprochen.«

Ich fahre in dem stinkigen kleinen Aufzug nach unten und versuche, nicht zu heulen. Als ich in den Hof trete und hochgucke, sehe ich Gina oben auf dem Balkon stehen. Sie hält Benjamin mit beiden Händen fest, so dass sie nicht winken kann, aber sie nickt mir mit dem Kopf zu, und er tut das auch. Sie sehen wie zwei dunkle Blumen aus, die im Wind wehen.

Gina ist eine wundervolle Mutter.

Ich frage mich, ob meine Mutter je eine zweite Chance hatte.

14. Kapitel

Ich muss nach Hause.

Ich sitze in der U-Bahn Richtung Waterloo. Für Marion werde ich irgendeine Geschichte erfinden. Für mich habe ich oft genug Geschichten erfunden.

Diese Geschichte hier hat kein glückliches Ende. Ich habe sie nicht gefunden.

Nein, das ist Quatsch. Ich habe zwei wundervolle Freundinnen gefunden, eine neue und eine alte. Ich habe meine allererste Pflegemutter gefunden und das Grab meiner Adoptivmutter. Ich habe heute so viele Menschen gefunden – und trotzdem fühle ich mich verloren. Einsamer als je zuvor. Es gibt nur eine Person, die ich finden will. Wie soll ich sie jemals wieder finden? Sie könnte überall sein. Wie die Nadel im Heuhaufen. Oder das Teeblatt im Mülleimer.

Das Mülltonnen-Baby.

Es gibt noch einen einzigen Ort.

Ich habe eine Tageskarte. Ich kann von Waterloo aus weiterfahren.

Oder nach Hause zu Marion.

Ich bin nicht gut darin, Entscheidungen zu treffen. Als ich zu Marion zog, konnte ich mich noch nicht mal entscheiden, was ich zum Abendessen haben wollte. In Fairleigh konnte man nicht wählen. Man bekam seine gebackenen Bohnen oder Rührei – platsch! – auf den Plastikteller. Am Freitag gab es zum Nachtisch einen Berliner als besonderen Leckerbissen, rosa Berliner mit Marmelade oder weiße mit Rosinen oder gelbe mit einer Kirsche oben drauf – aber ich aß immer so langsam, dass fast alle schon weg waren, wenn ich meinen Teller leer gegessen hatte. Man musste erst sein Hauptgericht aufessen. Das war eine der Regeln. Manchmal überließ ich einem dicken Mädchen namens Julie mein Essen, und sie schaufelte sich heimlich gabelweise Essen von meinem und ihrem Teller in den Mund. Aber dann befreundete sie sich mit einem magersüchtigen Mädchen, das ihr zwanzig Pence pro Teller bezahlte, so dass Julie sich stattdessen darauf konzentrierte, ihr zu helfen.

Ich brauche keine Nostalgiereise nach Fairleigh zu machen. Ich habe dort fünf Jahre gelebt, länger als irgendwo anders. Ich fuhr noch nicht einmal in den Ferien woanders hin, abgesehen von einem traurigen Sommercamp für Kinder mit besonderen Bedürfnissen, wo ich die meiste Zeit den Helfern half.

Marion und ich werden in diesem Sommer in die Ferien fahren. Nach Italien. Fünf Tage für die ganze Kultur und Geschichte und den Kunstkram, aber dann für mich fünf Tage am Meer.

»Das ist bloß fair. Es sind genauso deine Ferien wie meine«, hat sie gesagt.

Sie ist wirklich fair, auch wenn sie immer so überempfindlich ist. Es ist schon so spät. Was soll ich machen, wenn sie bereits Cathy und Hannah angerufen hat und die ihr erzählt haben, dass ich nicht in der Schule war? Ich wünschte, ich wäre jetzt bei Cathy oder Hannah. Bei ihnen fühle ich mich meistens so normal. Wir lachen zusammen und lästern über die Lehrer und seufzen wegen der Jungs und jammern über unsere Haare, unsere Sommersprossen, unsere Figur. Manchmal reden wir auch darüber, was wir alles erleben wollen, aber wir reden nie darüber, wer wir sind oder woher wir kommen.

Sie sind die Freundinnen, nach denen ich mich immer gesehnt habe. Ich hatte in Fairleigh auch Freundinnen, aber das waren seltsame Freundinnen: traurige, schaurige Mädchen, so wie ich. Deshalb wurde man ja dorthin geschickt. Es war eine Schule für Problemkinder: Mädchen in Schwierigkeiten; Mädchen mit besonderen Bedürfnissen; Mädchen mit Lernproblemen; Mädchen in der Klemme. Wir wurden alle zusammengewürfelt und gleich eingekleidet mit unseren blau-weiß karierten Kleidern und blauen Blazern. Wir bekamen alle den gleichen Teddybären mit blauer Strickjacke, den wir nachts mit ins Bett nehmen durften.

Am Tag steckte man uns in sehr kleine Klassen, damit wir die individuelle Aufmerksamkeit unserer Lehrer bekamen. Ich wollte keine Aufmerksamkeit. Ich wollte mich verstecken und mich aus Schwierigkeiten heraushalten. Es gab einige mongoloide Mädchen an der Schule, so wie Esme damals bei Groß-Mo. Ich freundete mich mit einem sehr netten mongoloiden Mädchen in meiner Klasse namens Poppy an. Sie liebte Süßigkeiten. Jeden Tag kaufte sie einen Lolli im Schulkiosk.

»Ich bin Lollipoppy«, gluckste sie immer wieder und hörte sich so komisch und verrückt an, dass ich auch kichern musste.

Ich wollte im Unterricht neben Poppy sitzen und mit ihren großen Wachsmalstiften malen. Sie hatte spezielle ABC-Bilder. Ich dachte, wie friedlich es wäre, wenn ich »A wie Apfel, B wie Baby, C wie Clown« malen könnte, aber ich musste Mathe und Physik und Englisch lernen. Ich wusste nicht, wie man zusammenrechnet oder experimentiert oder Geschichten erfindet, also war ich zuerst ziemlich hilflos. Ich dachte, das läge daran, dass ich einfach zu dumm sei. Ich erkannte nicht, dass es nur daran lag, dass ich so oft die Schule hatte wechseln müssen und dabei nicht die grundlegenden Dinge gelernt hatte.

Sie gaben sich in Fairleigh wirklich Mühe, das wieder aufzuholen. Nach ein paar Monaten hatte ich das Gefühl, jemand hätte mir eine starke Brille auf die Nase gesetzt. Ich konnte endlich klar sehen. Das war nicht sehr angenehm. Ich hatte lieber in meinen eigenen Kopf geblickt. Jetzt war keine Zeit mehr für Tagträume. Ich musste nachdenken, Dinge herausfinden, Antworten geben.

Mathe und Physik und Technik machten mir immer noch Probleme, aber Geschichte liebte ich. Miss Bean konnte den Unterricht in ein Spiel verwandeln. Sie war älter als die anderen Lehrer und sah fürchterlich aus mit ihren grässlichen handgestrickten pastellfarbenen Pullis, hellblau und babyrosa und blasslila. Wir nannten sie Beanie-Baby – aber nur, wenn sie nicht in der Nähe war.

Niemand wagte in Miss Beans Unterricht frech zu sein. Sie war viel strenger als die anderen Lehrer. Sie konnte unsäglich bohren. »Versuch es, April!«, »Komm schon, denk nach«, »Nein, das reicht nicht, das kannst du besser«. Aber manchmal konnte sie die Dinge verzaubern. Besonders in Geschichte.

Wir behandelten die Römer, und wir sollten unsere Bettlaken holen und sie uns umlegen wie Togas. Wir feierten ein römisches Fest mit Wein (Johannisbeersprudel) und allen möglichen Süßigkeiten (Miss Bean brachte selbst gemachte Schokoladensoße und Toffees und Kokoseis mit, und einen Extralolli für Poppy). Wir bauten unser eigenes Modell vom Kolosseum (sie zeigte uns Fotos von ihrem Sommerurlaub in Rom) mit winzigen Papp-Römern und wilden Tieren und christlichen Märtyrern. Beim Anblick dieser kleinen Pappfiguren fühlte ich einen Stich und dachte an die arme Hortensia, Rosalind, Iris und Viola, aber schon bald war ich ganz in das Spiel vertieft. Ich gestaltete ein besonders bösartiges, wildes Tier und schnitt dann einen Champion-Gladiator aus, der ein goldbesprühtes Zahnstocher-Schwert in der Faust hielt.

»Toll gemacht, April!«, rief Miss Bean.

Als wir die Viktorianer durchnahmen, kam ich richtig

in Fahrt. Glücklich machte ich mich daran, eine ausgefeilte viktorianische Villa aus einem großen Pappkarton und einem Stapel Cornflakes-Paketen zu basteln, wobei ich Einzelheiten von den viktorianischen Geschichtsbüchern aus der Bibliothek übernahm – einige der langsameren Mädchen brachten alles durcheinander und wollten noch eine Togaparty mit Wein.

»Nein, nein, das waren doch die Römer. Sie haben Hunderte von Jahren vor den Viktorianern gelebt«, sagte Miss Bean.

Sie begriffen es immer noch nicht. Für sie war alles Geschichte. Die Viktorianer gehörten ebenso zum Altertum wie die Römer.

»Ich sage euch, was wir tun werden«, sagte Miss Bean. »Wir werden alle unseren Familienstammbaum aufmalen, und dann werdet ihr sehen, dass eure eigenen Ururur-großmütter Viktorianerinnen waren.«

Ich verhielt mich ganz still. Ich witzelte nicht wie die anderen über Stammbäume und Großtante Birke oder Großvater Waldo. Ich nahm noch nicht einmal meinen Stift in die Hand. Ich saß da, die Hände in meinem Schoß verknotet, die Nägel in meine Handflächen gepresst.

Miss Bean hüpfte in ihrem hellblauen Pulli in der Klasse herum und gab hier und dort Ratschläge. Sie schrieb mit Bleistift »Mami« und »Papi« auf Poppys Blatt Papier, und Poppy malte mit einem roten Wachsmalstift darüber einen Strich. Vor Anstrengung, die Linie gerade zu zeichnen, schob sie die Zunge aus dem Mund.

Miss Bean blickte zu mir herüber. »Komm, April, mach.«

Ich saß ganz steif da.

Sie kam mit gerunzelter Stirn zu mir. »April! Was ist heute Morgen mit dir los? Fang an!«

»Ich will aber nicht.«

»Was hast du gesagt?«

»Ich sagte, ich will nicht«, antwortete ich sehr laut.

Die ganze Klasse legte ihre Stifte hin und sah uns mit offenem Mund an.

»Es ist mir egal, was du willst. In meinem Unterricht tust du das, was ich sage«, meinte Miss Bean. Sie klopfte auf meine leere Seite. »Fang sofort an, April.«

»Sie können mich nicht zwingen, Sie doofes, altes, fettes Beanie-Baby!«, schrie ich.

Alle waren wie erstarrt. Auch ich war mir nicht sicher, ob ich das wirklich gesagt hatte.

»Diese Unverschämtheiten erlaube ich in meinem Unterricht nicht«, sagte Miss Bean. »Geh raus, und warte im Flur.«

Ich stolperte durch die Tischreihen hindurch zur Tür. Ich überlegte, ob ich weglaufen sollte, wenn ich erst einmal draußen war. Aber in der Schule gab es keine richtigen Verstecke. Ich hatte schon die Toiletten ausprobiert und den Spieleschrank und den Heizungsraum, aber ich war immer erwischt worden. Es gab natürlich noch das Gelände vor der Schule – aber seit meiner Ankunft war ich kaum draußen gewesen, und allein die Vorstellung schien schon so abwegig wie ein Flug zum Mars. Also stand ich niedergeschlagen im Flur und wartete auf das Ende des Unterrichts.

Stunde um Stunde schien vorbeizugehen. Meine eigenen Worte hallten in meinem Kopf wider. »Sie können mich nicht zwingen.« Aber dies war Miss Bean, und sie hatte vermutlich viele unangenehme Wege, mich zu zwingen, alles zu tun, was sie nur wollte. Ich malte mir die ausgefallensten Folterqualen aus, und die meisten beinhalteten die harte und sehr geschmeidige Peitsche, die bei dem viktorianischen Projekt ausgestellt wurde.

Schließlich kamen die Mädchen aus der Klasse und starrten mich ehrfürchtig an. Dann stand Miss Bean im Türrahmen und winkte mich zu sich.

»Komm mal in die Klasse, April.«

Als wir drinnen waren, schloss sie die Tür.

»Ich möchte nicht, dass du noch einmal in diesem Ton mit mir redest«, sagte sie ernst. »Bitte entschuldige dich für deine Frechheit.«

»Es tut mir Leid, Miss Bean«, murmelte ich.

Sie nickte. Dann sagte sie etwas Erstaunliches. »Nun bin ich an der Reihe, mich bei dir zu entschuldigen. Ich habe das Gefühl, dass ich einen Fehler gemacht habe, als ich dich gebeten habe, deinen Familienstammbaum zu zeichnen. Es kann alle möglichen Gründe dafür geben, warum das keine gute Idee war. Ich hätte vorher darüber nachdenken sollen, bevor ich es vorschlug. Es tut mir Leid, April. Ich hoffe, du nimmst meine Entschuldigung an.«

»Ja, Miss Bean! Ich wollte Sie nicht beschimpfen. Na ja, ich wollte es, aber das lag nur daran, weil ich mich so schrecklich fühlte, als ich gar nichts aufschreiben konnte. Ich habe keine Familie.«

Meine Stimme begann zu wanken. Miss Beans Gesicht verschwamm, als ich anfing zu heulen. Als ich einmal angefangen hatte, konnte ich nicht mehr aufhören. Ich heulte und heulte. Miss Bean tätschelte meine Schulter und murmelte: »So, ist ja gut.« Sie gab mir ein gefaltetes Bündel Taschentücher, und ich wischte mir damit so gut es ging das Gesicht.

»Besser?«, fragte sie sanft. »Dann lauf nur zu deinem nächsten Unterricht, Liebes.«

Ich lief. Ich war so tränenüberströmt, dass jeder Mitleid mit mir hatte und überzeugt davon war, dass Miss Bean ausgeflippt sein musste. Ich erzählte niemandem, was wirklich passiert war. Es schien etwas ganz Privates zwischen uns zu sein.

15. Kapitel

Miss Bean und ich wurden danach Freunde. Nicht richtige Freunde. Sie war immer noch Miss Ultrastrenge-Lehrerin, aber sie schenkte mir im Unterricht immer wieder den Schimmer eines Lächelns, und wenn ich nach der Stunde herumtrödelte, unterhielt sie sich mit mir. Manchmal suchte sie ein Buch für mich aus oder schenkte mir eine Postkarte von einem Gemälde. Eines Samstags, als wir immer noch die Viktorianer durchnahmen, tauchte sie in der Schule auf und erklärte mir, dass sie mich auf einen Ausflug mitnehmen würde.

»Wenn du Lust hast, April«, sagte sie.

Beim ersten Mal wusste ich noch nicht so recht. Ich fürchtete mich immer noch ein bisschen vor ihr, und ich dachte, vermutlich würde es langweilig werden, den ganzen Tag mit ihr zusammen zu sein. Ich mochte ihre Geschichtsstunde, aber ich hatte keine Lust auf einen ganzen Tag lang Unterricht.

Aber so wurde es überhaupt nicht. Sie nahm mich zwar wirklich mit ins Victoria and Albert Museum, aber es machte richtig Spaß, und danach führte sie mich in den Museumsladen und kaufte mir einen winzigen Bären, der als Königin Victoria verkleidet war. Wir gingen auch ins

Café, was mir sehr groß und erwachsen vorkam. Sie sagte, ich könnte mir aussuchen, was ich nur wollte.

»Egal, was?«, fragte ich und starrte die wundervollen Kuchen und Desserts an.

Ich konnte mich nicht zwischen der Schokoladentorte und den Erdbeeren mit Sahne entscheiden, aber sie bestellte mir beides, auch wenn sie darauf bestand, dass ich erst einen kleinen Salat aß. Miss Bean trank Wein zu ihrem Essen, was mich überraschte. Ich fragte mich, ob sie sich vielleicht gleich so betrunken benehmen würde wie Papa, aber sie trank zwei Gläser ohne erkennbare Auswirkungen.

Ich dachte, wir würden danach direkt den Zug zurück zur Schule nehmen, nachdem wir nun durchs gesamte Museum marschiert waren, doch Miss Bean schlug noch einen kleinen Einkaufsbummel vor. Sie nahm mich mit zu Harrods. Mir war, als hätte ich ein Märchenschloss betreten. Ehrfurchtsvoll ging ich auf Zehenspitzen herum. Die Lebensmittelhalle war besonders beeindruckend, vor allem die Pralinen. Miss Bean ließ mich eine der weißen Sahnepralinen probieren. Sie lachte über meinen Gesichtsausdruck, als ich hineinbiss.

»Gut?«

»Umwerfend!«

»Nimm noch eine. Und ich nehme auch eine. Zum Teufel mit meiner dummen Diät!«

Sie klopfte auf ihren dicken Bauch. Sie trug ihren Lieblingspulli in Rosa, worin sie wie ein riesiger Marshmallow aussah, aber das war mir egal. Ich mochte sie gern.

Danach nahm sie mich oft mit. Normalerweise fuhr sie mit mir hinaus aufs Land, und wir machten lange Spaziergänge. Sie erzählte mir von den Bäumen und den Vögeln und den Wildblumen. Ich hörte nicht immer zu. Ich hing gern meinen eigenen Gedanken nach und überlegte, wo wir wohl zum Kaffee hingehen würden. Ich spielte, dass wir verwandt wären und dies ein ganz normaler Wochenendbesuch sei. Sie schien nicht ganz der Oma-Typ zu sein, und natürlich konnte sie nicht meine Mutter sein, also machte ich sie zu meiner exzentrischen Großtante.

Die Mädchen in Fairleigh verspotteten mich, als sie von meinen Samstagsausflügen erfuhren. Irgendjemand sagte, dass Miss Bean es vielleicht auf mich abgesehen hätte, und ich sollte vorsichtig sein. Ich zischte mit Ginas drohendster Stimme, dass sie die Klappe halten sollten, oder ich würde es ihnen heimzahlen. Danach ließen sie mich in Ruhe.

Miss Bean würde bald in Rente gehen. Ich schätze, ich hätte das merken müssen. Doch ich war schockiert, als sie uns mitten im Schuljahr verkündete, dass sie im Juli die Schule verlassen würde. Ich wusste nicht, was ich sagen sollte. Ich verzog das Gesicht, damit ich nicht in Tränen ausbrach.

»Wirst du meinen Geschichtsunterricht so vermissen, April?«, witzelte sie.

»Ich werde *Sie* vermissen«, platzte ich heraus.

Jetzt musste Miss Bean das Gesicht verziehen. »Na ja … ich könnte immer kommen und dich besuchen. Wir könnten immer noch an den Wochenenden rausfahren – wenn du das willst.«

»Das will ich!«

»Ich auch. Ich habe unsere Ausflüge immer sehr genossen. Aber du musst mir versprechen, dass du dich niemals verpflichtet fühlst, mit mir herumzuspazieren. Ich kann nicht wissen, ob du einfach nur höflich bist.«

Ich glaubte nicht ganz daran, dass sie wirklich kommen würde. Ich weinte am letzten Schultag, als Miss Bean sich bei der Schülerversammlung von allen verabschiedete und die Schulsprecherin ihr eine Uhr und einen Koffer und einen Stapel Geschichtsbücher überreichte. Erstaunlicherweise weinten noch viele andere Mädchen. Ich freute mich, dass Miss Bean beliebt war, auch wenn sie so altmodisch und streng wirkte. Poppy zerfloss in Tränen. Miss Bean schenkte ihr einen Strauß Lollies als Abschiedsgeschenk. Mir schenkte sie nichts, aber sie tätschelte mir die Schulter im Vorbeigehen und flüsterte: »Ich komme bald, April, das verspreche ich.«

Sie packte ihren neuen Koffer und fuhr in den Urlaub, doch sie schickte mir zwei Postkarten – und am ersten Wochenende nach ihrer Rückkehr fuhr sie früh am Samstagmorgen in Fairleigh vor. Sie hatte einen neuen Kurzhaarschnitt, tiefe Sonnenbräune und knallblaue Schlabberhosen, die ihr wirklich standen, auch wenn ihr Hintern dadurch noch dicker wirkte.

»Komm, April«, sagte sie.

»Sie sehen so anders aus!«

»Ich fühle mich auch anders«, sagte sie und fuhr sich mit den Fingern durch das kurze Haar.

Sie sagte, ich bräuchte sie jetzt nicht mehr Miss Bean zu nennen, weil sie jetzt nicht mehr meine Lehrerin sei. Ich könnte sie bei ihrem Vornamen nennen. Marion.

Sie plauderte mit den anderen Lehrern, wenn sie mich abholen kam, und sie machte immer viel Brimborium um Poppy, aber eigentlich kam sie, um mich zu besuchen. Sie sagte, sie würde das Unterrichten nicht vermissen. Sie beschäftigte sich damit, Italienisch zu lernen und Klavier zu spielen und dreimal in der Woche in einem Eine-Welt-Laden zu arbeiten. Außerdem zog sie gerade um, aus einer Stadtwohnung in einen Bungalow am Stadtrand. Sie nahm mich mit dorthin, bevor sie einzog.

»Ich muss wissen, was du davon hältst, April«, sagte sie.

Ich verstand nicht ganz, was sie damit meinte. Sie schlich monatelang um den heißen Brei herum. Sie sprach über meine Zukunft und was ich tun wollte. Ich sagte, ich würde gern Schneiderin werden (und rosa, gelbe, blaue und lila Outfits ausschneiden und nähen), aber Marion schlug mir einen Abschluss in Geschichte vor. Sie versuchte, mich sehr behutsam dazu zu bringen, über meine eigene Vergangenheit zu sprechen. Ich hasste es. Ich wusste, dass ich ein Mülltonnen-Baby war. Ich erinnerte mich noch an Mutti und Papa, auch wenn die Erinnerungen bruchstückhaft waren, aber ich wollte nicht mehr daran denken. Ich bekam davon immer so ein wackeliges Gefühl, als stünde ich am Rand eines Felsens.

Ich konnte nicht verstehen, warum Marion weiterbohrte, wo sie doch sehen konnte, dass es mich traurig machte. Normalerweise gingen wir sehr taktvoll mit den Gefühlen des anderen um. Ich sprach nie über Diäten oder Sport oder dicke Leute (Marion war seit ihrer Rente noch dicker geworden und musste noch weitere Hosen kaufen), und sie sprach nie über Mütter.

»Ach, halt doch endlich die Klappe, Marion«, sagte ich schließlich, als wir einmal in den Gärten von Hampton Court spazieren gingen.

Als die Worte heraus waren, schlug ich mir mit der Hand auf den Mund und fürchtete, dass Marion sich wieder in Miss Bean verwandeln und mich bestrafen würde.

Sie schien traurig, nicht sauer, auch wenn sie mir automatisch befahl, nicht in diesem unfreundlichen Ton mit ihr zu sprechen.

»Sag ›sei still‹, wenn es sein muss, aber nie, dass jemand die Klappe halten soll.«

»Na gut, okay, bitte, sei still und hör auf, ständig weiter über all meine Pflegemütter zu reden«, sagte ich und schlurfte mit meinen Sandalen durch den kalkigen Kiesbelag.

»Ich hoffe, du wirst die sofort putzen, wenn du zurück in die Schule kommst«, sagte Marion. Sie war eine Weile still. »Ich nehme an, du hattest nicht gern Pflegeeltern?«

»Nein!«

»Und – und du willst auch keine mehr haben?«

Ich sah sie misstrauisch an.

»Was meinst du damit? Wird mich jemand in Pflege nehmen?« Ich wurde panisch.

»Nicht, wenn du es nicht willst.«

»Nein, das will ich nicht. Und nicht mehr zur Fairleigh-Schule gehen?«

»Das ist vielleicht gar nicht so eine schlechte Idee. Du bist sehr schlau, April, auch wenn du noch eine Menge aufzuholen hast. Wenn du auf eine ordentliche weiterführende Schule gehen würdest, könntest du Abitur machen und –«

»Und Geschichtsvorlesungen an der Universität halten, schon klar. Aber ich bin nicht schlau, sondern in vielen Dingen total schlecht.«

»Und du scheinst auch nicht sehr glücklich an der Schule zu sein. Du hast kaum Freunde, abgesehen von Poppy.«

»Ich bin okay. Ich will gar nicht viele Freunde. Außerdem habe ich dich. Wenn ich in Pflege komme, kann ich dich nicht mehr am Wochenende sehen, stimmt's?«

»Du könntest mich vielleicht viel öfter sehen.«

»Wieso?«

Marion lachte nervös.

»Vielleicht bist du doch nicht so schlau, April. *Ich* möchte deine Pflegemutter sein.«

Ich starrte sie an. Sie hielt tapfer meinem Blick stand. »Du denkst vermutlich, dass es eine alberne Idee ist. Das ist es auch. Ich meine, ich bin viel zu alt und allein – auch wenn ich schon ein detailliertes Gespräch mit dem Sozialamt geführt habe und sie keine unüberwindbaren Probleme sehen. Aber natürlich solltest du lieber in eine ordentliche Familie kommen.«

»Ich will keine ordentliche Familie!«

Ich dachte darüber nach, und in meinem Kopf drehte sich alles. Ich war nicht sicher, ob ich Marion wollte. Sie war gut als meine Lehrerin und als meine Freundin – aber sie war kein bisschen wie eine Mutter. Ich konnte mir nicht vorstellen, die ganze Zeit bei ihr zu wohnen.

Ich sah, wie sie sich besorgt auf die Lippen biss. Es war gemein, sie warten zu lassen. Also holte ich tief Luft.

»Vielen Dank. Das ist sehr nett von dir«, sagte ich höflich, als hätte sie mir eine Tasse Tee angeboten und kein Zuhause. Ich kämpfte mit mir. »Es wird bestimmt … wundervoll.«

Marion lächelte schief.

»Es wird nicht wundervoll sein, mit einer grantigen alten Tante wie mir zusammen zu wohnen. Ich werde dich wegen deiner Hausaufgaben nerven und dir ständig Vorträge halten, und ich werde schrecklich nervös, wenn du dir deinen Rock kürzt oder zu viel Make-up trägst. Aber ich glaube, wir könnten uns gut vertragen. Ich würde es wirklich gern versuchen. Natürlich weiß ich, dass ich nicht wie eine wirkliche Mutter zu dir sein kann, April, aber –«

»Ich will nicht, dass du dich wie eine richtige Mutter benimmst.« Ich hatte schließlich immer noch eine, auch wenn ich keine Ahnung hatte, wo sie steckte. Und ich hatte zu viele Pflegemütter gehabt, als dass ich noch eine gebrauchen könnte, auch wenn das Marions offizieller Titel sein würde.

»Soll ich dich ›Mama‹ nennen oder ›Tante‹ oder was?«

»Ich glaube, du solltest mich einfach weiterhin ›Marion‹ nennen. Aber wenn du dich richtig schlecht benimmst, kehren wir sofort wieder zu ›Miss Bean‹ zurück.«

Es dauerte lange, bis alles geregelt war. Marion musste ein spezielles Seminar besuchen. Ich musste eine neue Sozialarbeiterin namens Elaine kennen lernen. Es gab eine Menge Treffen meinetwegen, die fast alle hinter meinem Rücken stattfanden.

»Es ist mein Leben, warum kann ich dann nicht dabei sein?«, fragte ich Elaine.

»Ich weiß, es klingt dämlich, April, aber so arbeiten wir eben«, sagte sie und spielte dabei mit einem kleinen Hasen auf ihrem Tisch.

»Warum dauert es so ewig? Marion will mich in Pflege nehmen, und ich will bei ihr in Pflege sein, warum können wir dann nicht einfach endlich anfangen?«

»Ich weiß, es ist schrecklich, aber wir müssen vorsichtig vorgehen, euch beide vorbereiten, alle Berichte zusammenstellen –«

Plötzlich wurde mir übel. »Muss Marion alles sehen, was in den Akten steht?«

»Ich glaube, sie hat es bereits gesehen«, sagte sie sanft.

»Ich dachte, das wäre privat! Sie meinen, sie weiß von der Zeit, als ich mit Gina klauen ging?«

»Ja.«

»Und – weiß sie von Pearl?«

»Ja.«

»Und sie will mich immer noch in Pflege nehmen?«

»Allerdings.«

Das brachte mich zum Schweigen. Elaine griff über ihren Schreibtisch und tätschelte meine Hand. »Marion versteht es, April. Mach dir keine Sorgen. Ich glaube, dass es in deinem Fall keine Probleme geben wird. Einer meiner Klienten wurde gerade von einer allein stehenden Frau in Pflege genommen, und das scheint sehr gut zu funktionieren. Ich bin sicher, dass es bei dir und Marion wundervoll funktionieren wird.«

Es funktionierte. Wenn auch nicht unbedingt *wundervoll.*

Ich verließ Fairleigh. Am letzten Tag sangen alle ein Lied für mich, um mir Glück zu wünschen. Poppy sang einen alten Shirley-Temple-Song, ›On the good ship Lollipop‹ – sie sang einfach immer nur diese fünf Wörter, bis die Musik zu Ende war. Ich lachte, und dann weinte ich und konnte nicht mehr aufhören. Ich hatte Fairleigh nicht wirklich gemocht, aber ich hatte fünf Jahre dort gelebt, also war es wie ein Zuhause für mich. Ich passte nicht dazu, aber das war nichts Neues für mich. Ich passte nirgendwo dazu.

Ich fragte mich, ob ich je zu Marion passen würde. Ich bekam mein eigenes blaues Zimmer mit blauen Blumenvorhängen und einer passenden Tagesdecke. Sie kaufte mir sogar ein neues blaues Nachthemd und einen blauen gesteppten Morgenmantel. Ich hätte ein leuchtenderes Blau lieber gehabt, und ich trug lieber Schlafanzüge, und einen Morgenmantel zog ich sowieso nie an, aber ich tat so, als sei ich sehr dankbar. Ich versuchte, Marion zu umarmen, aber wir waren zu lange Lehrerin und Schülerin gewesen. Wir fanden es beide peinlich.

Marion hat mir niemals einen Gutenachtkuss gegeben, aber sie tätschelt meine Schultern und stopft mir die Decke um den Hals und unter dem Kinn fest. Ich wühle mich immer sofort heraus, sobald sie aus dem Zimmer ist. Ich hasse alles, was an meinem Kopf ist. Wenn ich aus Versehen im Schlaf unter die Decke rutsche, wache ich panisch auf.

Vielleicht habe ich stundenlang in dieser Mülltonne gesteckt.

Natürlich kann ich mich nicht mehr daran erinnern, wie es war. Es scheint nur manchmal so, als könnte ich es.

Ich bin fast da. Ich sitze nicht mehr im Zug, sondern in der U-Bahn. Es gibt kein Halten mehr. Ich weiß, wohin ich will.

Ich muss diesen Pizza Place in der High Street finden. Wenn es ihn noch gibt. Selbst wenn, ist es verrückt, zu glauben, dass dahinter immer noch dieselben Mülltonnen stehen. Und noch verrückter zu glauben, dass meine Mutter dort sein wird.

Marion ist fast so gut wie eine richtige Mutter. Sie war so nett zu mir. Es ist gemein von mir, zuzulassen, dass sie sich zu Hause Sorgen macht und sich fragt, wo ich nur stecke.

Sie wird nicht wirklich beunruhigt sein. Sie ist vielleicht besorgt, wie ein Lehrer, wenn jemand sich vom Schulhof entfernt hat. Aber ich habe Mütter gesehen, die ihre Kinder verloren haben. Ich habe diesen schrecklich verzweifelten Blick in ihren Gesichtern gesehen, ihre spitzen Rufe gehört. Ich habe Cathys und Hannahs Mütter gesehen, als der Schulbus einen doppelten Platten hatte und wir nach einem Ausflug ins Naturkundemuseum mehrere Stunden zu spät kamen. Marion sah absolut ruhig und gesammelt aus. Sie hatte die Zeit damit verbracht, alle davon zu überzeugen, dass es uns gut gehe, dass Schulbusse ständig Platten hätten und wir uns gleich alle sicher und wohlbehalten einfinden würden.

Sicher und wohlbehalten. Das sind die Worte, die sie genau beschreiben, auch wenn sie sie in einem Aufsatz von mir umkringelte und daneben schrieb, ich würde hohle Phrasen verwenden. Sie ist so sicher, dass man ihr alles glaubt, was sie sagt, und nie das Gefühl hat, sie würde einen hintenherum loswerden wollen. Sie ist so wohlbehalten, dass man weiß, es gibt keine einzige verdorbene Zelle an ihr, die sich gegen einen richten würde. Sie ist da, sicher und wohlbehalten, wenn man sie braucht.

Ich brauche sie.

Aber ich brauche auch meine Mama.

16. Kapitel

Den Pizza Place gibt es immer noch, ungefähr auf der Mitte der High Street, neben einer schmalen Gasse. Ich spähe durchs Fenster und sehe all die Leute, die ihre Pizzen essen. Ich sehe niemanden, der allein sitzt. Keine Frau, die aus dem Fenster schaut und auf mich wartet.

Ich gehe vorbei und die Gasse hinunter.

Sie ist nicht da.

Ich weiß nicht, warum ich weine. Natürlich ist sie nicht hier.

Ich bin am richtigen Ort. Hier ist die Mülltonne. Na ja, es ist nicht nur eine einzige silberne Mülltonne, wie ich mir das immer vorgestellt habe. Es sind massenweise Rollcontainer, groß, stinkend und hässlich. Ich weiß nicht, ob da je eine richtige Mülltonne gestanden hat oder ob sich die Journalisten das aus den Fingern gesaugt haben, weil ›Rollcontainer-Baby‹ nicht so gut klingt. Ich starre die Container an und atme flach. Wie kann jemand bloß ein neugeborenes Baby in dieses feuchte Loch stecken? Ich habe es mir immer wieder vorgestellt, aber niemals habe ich an den *Gestank* gedacht.

Ich muss selbst gestunken haben, als der Junge sich durch den Müll wühlte und mich fand. Trotzdem hat er mich unter sein Hemd gesteckt. Das stand jedenfalls in der Zeitung. Vielleicht war es nur eine gute Story.

Es ist meine Story, und ich weiß nicht, was davon erfunden ist und was nicht. Einen Teil habe ich selbst erfunden, um die Lücken zu füllen. Ich habe das Gefühl, nicht real zu sein. Jeder macht sich seine eigene Version von mir.

Ich weiß nicht, was davon mein wirkliches Ich ist. Ich weiß nicht, wer ich bin.

Warum kann sie jetzt nicht für mich da sein? Denkt sie eigentlich nie an meinen Geburtstag? Fragt sie sich nie, was aus mir geworden ist? Ich habe jeden Tag meines Lebens an sie gedacht.

Es interessiert sie nicht. Sie hat mich geboren, aber sie hat mich direkt in diese Mülltonne gestopft und seitdem nie wieder an mich gedacht. Was für eine Mutter kann ihr Baby wegwerfen? Vielleicht ist sie es gar nicht wert, dass man sie findet. Es ist offensichtlich, dass sie nicht von mir gefunden werden will. Sie hat mich ohne eine Nachricht verlassen, ohne einen Schnipsel an Kleidung, noch nicht mal mit einer Windel.

Ich schlage mit der Faust auf den Container, der mir am nächsten steht. Es tut echt weh. Mein Knöchel fängt an zu bluten, und ich sauge daran. Irgendjemand hat Schimpfwörter auf den Container gekritzelt. Ich sage sie laut. Da stehen auch Zahlen. Eine Reihe mit elf Zahlen. Jemand hat seine Telefonnummer hinterlassen. Und eine Nachricht in derselben Handschrift: BITTE RUF AN, BABY.

Ich lese sie wieder und wieder.

Es ist eine Nachricht an mich.

Nein, das ist verrückt. Das hat gar nichts mit mir zu tun. Irgendein Pärchen benutzt diese Gasse als heimlichen Treffpunkt, und jetzt wollen sie sich anrufen. ›Baby‹ ist schließlich ein ganz normales Kosewort. Grant hat Hannah auch ›Baby‹ genannt. Sie fand es wundervoll (auch wenn Cathy und ich uns heimlich einig waren, dass es ein bisschen erniedrigend war, als wolle er sich nicht damit herumschlagen, sich ihren Namen zu merken).

Aber vielleicht bezieht sich ›Baby‹ wirklich auf mich. Vielleicht hat sie die Zeitungsartikel nicht gelesen und kennt meinen Namen nicht. Deshalb kann sie mich nur so nennen. Baby. Ihr Baby. Es ist ihre Telefonnummer. Ich brauche sie bloß anzurufen …

Ich habe noch ein Pfund in der Tasche. Ich könnte es sofort tun.

Ich muss auch Marion anrufen. Das mache ich auch. Wenn ich mich entschieden habe, was ich jetzt tun soll. Ich krame in meiner Tasche herum und finde Tanyas Karte. Ich schreibe die Nummer vom Container ab und auch die Nachricht. In meiner eigenen Handschrift bekommt sie irgendwie mehr Bedeutung.

Mit zitternden Knien gehe ich wieder aus der Gasse hinaus. Ich gehe an den Leuten vorbei, die im Fenster vom Pizza Place zu Abend essen, weiter zu der Telefonzelle an der Straße.

Ich kann einfach diese Nummer anrufen und endlich mit ihr reden.

Wenn ich will.

Natürlich will ich es.

Ich bin gar nicht so sicher. Ich habe Angst. Wenn sie nun ganz anders ist, als ich sie mir vorgestellt habe? Wenn sie nun wirklich hart oder gruselig oder dumm ist? Ich werde sie mir nicht mehr ausmalen können, wenn ich erst mal weiß, wie sie wirklich ist. Ich werde keine Entschuldigungen mehr für sie erfinden können, wenn ich den wahren Grund dafür kenne, warum sie mich in diese Tonne geworfen hat.

Ich muss sie anrufen. Sie sitzt zu Hause und wartet und hofft. Vielleicht ist sie jahrelang zu der Gasse hinter dem Pizza Place gewandert. Vielleicht hat sie die ganze Zeit verzweifelt versucht, mit mir Kontakt aufzunehmen. Sich danach gesehnt, dass wir wieder vereint sind. Vielleicht hat sie mich genauso vermisst wie ich sie.

Ich will sie so gern anrufen.

Aber ich habe solche Angst, mit ihr zu reden.

Ich muss ja gar nichts sagen. Ich kann einfach die Nummer wählen und lauschen. Ihre Stimme hören.

Ich gehe in die Telefonzelle und fummel nach meinem Pfund. Ich lasse es fallen, weil meine Hände so fürchterlich zittern. Der Fußboden riecht, als hätte ihn jemand als Toilette benutzt. Mir wird übel. Was tue ich eigentlich hier? Warum gehe ich nicht nach Hause? Oder rufe zumindest endlich zu Hause an. Und sage Marion, dass es mir gut geht und ich gleich nach Hause komme.

Was ist, wenn ich meine richtige Mutter anrufe und sie sagt, dass sie mich zurückhaben will? Was ist, wenn wir uns treffen und umarmen und uns nie wieder loslassen wollen? Was soll ich dann mit Marion machen?

Ich kann sie nicht anrufen.

Ich will erst jemand anderen anrufen und ihn fragen, was ich tun soll.

Soll ich Cathy oder Hannah anrufen? Sie sind meine Freundinnen. Sie sind immer für mich da. Aber wenn ich erst mal anfange, ihnen davon zu erzählen, kann ich wahrscheinlich nicht mehr aufhören – und sie werden mich nicht verstehen.

Ich wähle stattdessen Tanyas Nummer. Sie geht nach dem ersten Klingeln ran.

»Hi! Hier ist Tanya«, sagt sie atemlos.

»Ich bin's, Tanya, April. Tut mir Leid, wartest du auf einen anderen Anruf? Ich rufe dich später an, wenn du willst.«

»Nein, nein, das ist okay, ehrlich. Also – hi, April.«

»Tanya, ich weiß nicht, was ich tun soll. Ich habe eine Telefonnummer. Es könnte die von meiner Mutter sein. Na ja, vermutlich ist sie es nicht. Aber ich habe Angst, es zu testen. Hört sich das verrückt an?«

»Ein bisschen!«

»Hast du niemals Angst?«

»Nö! Na ja, vielleicht. Aber du musst das verfolgen, was du willst.«

»Ich weiß aber nicht, was ich will. Ich meine, wenn es wirklich meine Mama ist, und sie ist nett und freut sich, mich zu finden, dann ist es natürlich das, was ich will. Aber wenn sie nun nicht so ist, wie ich sie haben will? Wenn –«

»Ach, hör auf mit diesem Was-wenn-Quatsch. Ruf sie an! Hör mal, ruf sie an, und dann rufst du gleich wieder bei mir an und erzählst mir, wie es war.«

»Ich habe nicht genug Kleingeld. Ich muss dich dann später anrufen.«

»Du solltest dir ein Handy anschaffen.«

»Ich weiß.«

»Meins ist ein echt cooles Modell. Man kann alle möglichen Nachrichten kriegen, zwei Anrufe gleichzeitig beantworten und so was.«

»Toll.«

Tanya seufzt. »Leider hat mir noch niemand eine Nachricht geschickt. Oder mich angerufen.«

»Na ja – ich habe dich angerufen. Und du hast mir sehr geholfen.«

»Also rufst du jetzt die Nummer an?«

»Ja.«

»Es wird schon okay sein. Vertrau deiner Tante Tanya.« Sie klingt wieder fröhlich. »Ich werde eine Ratgeber-Hotline auf meinem Handy anbieten, okay? Los, April, versuch es. Mach schon.«

Also verabschiede ich mich. Jetzt habe ich nur noch vierzig Pence, steht auf dem Display. Vielleicht warte ich lieber, bis ich zu Hause bin, und rufe von dort aus an. Es wird kaum Zeit sein, irgendwas zu sagen.

Wie lange dauert es, um zu sagen: »Hallo, sind Sie meine Mama?«

Warum kann ich es nicht einfach tun?

Ich wähle die Nummer. Es klingelt einmal, zweimal, dreimal – und dann nimmt jemand den Hörer ab.

»Hallo?«

Oh Gott. Es ist die Stimme eines Mannes. Was soll ich jetzt tun? Ich schlucke. Kein Wort kommt heraus.

»Hallo?«, wiederholt er.

Ich muss ja nichts sagen. Ich kann einfach den Hörer auflegen.

»Häng nicht auf«, sagt er schnell, als könnte er meine Gedanken lesen. »Wer bist du?«

»Sie – Sie kennen mich nicht.«

»Bist du das Baby? Na ja, natürlich bist du jetzt kein Baby mehr. Bist du das kleine Mädchen, das in der Mülltonne gefunden wurde?«

»Ich bin kein kleines Mädchen. Ich bin vierzehn.«

»Heute geworden«, sagt er. »Herzlichen Glückwunsch, April. Du heißt doch noch April, oder?«

»Ja. Aber woher wissen Sie das?« Ich erstarre. »Sind Sie mein Vater?«

»Nein! Auch wenn ich komischerweise immer an dich gedacht habe, als seist du mein eigenes Kind. Ich kann einfach nicht glauben, dass ich mit dir spreche! Ich konnte dich nicht vergessen. Ich habe schon vor Ewigkeiten versucht, dich zu finden, aber man hat mir gesagt, dass du adoptiert worden bist, und ich wollte die Vergangenheit nicht wieder aufrühren und dir alles vermasseln. Ich wusste nicht, was man dir über mich gesagt hatte. Aber du musst von der Mülltonne wissen, wenn du meine Nummer hast.«

»Sie sind also der Junge, der mich gefunden hat? Frankie?« Ich blicke auf das Display. »Oh nein, ich habe kein Geld mehr!«

»Okay. Ruf die Vermittlung an und melde ein R-Gespräch an.«

Es fängt an zu piepen.

»Versprichst du mir, dass du es tust, April? Jetzt gleich?«

»Ich verspreche es«, sage ich, und dann sind wir unterbrochen.

Ich rufe die Vermittlung an. Ich sage ihr die Nummer, und dann sind wir wieder verbunden.

»Ich danke dir! Ich habe vierzehn Jahre lang darauf gewartet, dich zu finden – ich hätte es nicht ertragen, wenn ich dich jetzt wieder verloren hätte!«, sagt er. »Wo bist du? Können wir uns treffen?«

»Ich bin nur ein Stück weit die Straße hoch vom Pizza Place entfernt.«

»Dann lass uns jetzt treffen! Ich brauche nur zwanzig oder dreißig Minuten, um hinzufahren. Ist das okay? Können wir eine Pizza zusammen essen?«

»Ja, das wäre schön.«

»Wer ist noch bei dir?«

»Niemand.«

»Was? Du bist ganz allein?« Er hört sich an, als wäre er wirklich mein Vater.

»Es geht mir gut.«

»Ach, komm! Was ist mit deiner Familie? Wissen sie, wo du bist?«

»Na ja, ich habe eine Pflegemutter, und … na ja, nein, sie weiß eigentlich nicht, dass ich hier bin.«

»Wird sie sich nicht Sorgen machen?«

Ich schlucke. »Doch.«

»April? Nicht weinen.«

»Ich habe sie nicht angerufen. Ich wollte es immer, aber ich habe mich nicht getraut, und jetzt …«

»Pass auf, wir machen es so: Du rufst sie jetzt an. Sag ihr, wo du bist. Sag ihr, dass ich gleich bei dir sein werde. Dann werde ich dich entweder nach Hause fahren, oder wenn sie das nicht möchte, kann ich mit dir in dem Pizza Place bleiben, bis sie selbst kommen kann. April? Hast du das verstanden?«

»Ich glaube schon.«

»Du rufst sie also jetzt gleich an – und melde wieder ein R-Gespräch an, okay?«

»Ja.«

»Und dann gehst du direkt zum Pizza Place und bestellst dir etwas – ich bezahle natürlich, wenn ich komme.«

»Das ist … sehr nett.«

»Ich habe von diesem Moment geträumt! Seit ich dich unter mein Hemd geschoben habe –«

»Das haben Sie wirklich getan, so wie es in der Zeitung stand?«

»Natürlich habe ich das. Du hattest nichts an. Du warst eiskalt. Ich musste dich doch warm halten.«

»Meine Mutter hat mir also noch nicht mal einen Schal oder einen Pulli umgewickelt?«

»Na ja, ich denke, sie war nicht so recht auf dich vorbereitet.«

»Gab es keine Spur von ihr?«

»Nein. Ich habe ewig lange die Mülltonnen beobachtet, aber sie ist nicht gekommen. Und ich gehe meistens am 1. April hin und hinterlasse eine Nachricht. Meine Frau hält mich schon für ein bisschen durchgedreht.«

»Sie sind verheiratet?«

»Und ich habe zwei kleine Jungs, und beide Male hielt ich sie nach der Geburt in den Armen – und dachte an dich. Ich wollte dich so gern sehen, um zu wissen, dass es dir gut geht. April, geht es dir denn gut? Du hast gesagt, du hast jetzt eine Pflegemutter. Verstehst du dich mit ihr?«

»Ja. Auch wenn sie jetzt supersauer auf mich sein wird.«

»Ruf sie an! Und ich werde dir meine Handynummer geben, damit sie mich anrufen kann. Vielleicht gefällt es ihr nicht, dass ich mich mit dir treffen will.«

»Aber Sie haben mir das Leben gerettet!«

»Das hört sich so dramatisch an. Früher oder später wäre jemand anderes vorbeigekommen. Aber ich bin so froh, dass ich es war. Okay, ich bin so schnell wie möglich bei dir. Ich habe dunkle Haare, bin groß und trage eine blaue Jeansjacke …«

»Ich bin klein, mit langen blonden Haaren –«

»Genau, wie ich mir dich immer vorgestellt habe! Oh, ich kann es nicht abwarten, dich zu sehen.«

Ich zittere, als ich den Hörer auflege. Er meint es wirklich so. Er sorgt sich wirklich um mich, auch wenn wir gar nicht verwandt sind.

Marion sorgt sich auch um mich, auch wenn wir nicht verwandt sind. Ich habe mir selbst etwas vorgemacht. Ich will nicht immer, dass sie sich um mich sorgt, aber sie tut es. Sie regt sich über das kleinste bisschen auf. Als ich mir die Ohren durchstechen ließ, machte sie ein Riesentheater, weil die Geräte vielleicht nicht ordentlich sterilisiert waren. Als ich einmal schlimme Migräne hatte, fuhr sie mit mir ins Krankenhaus, um sicherzugehen, dass es keine Meningitis war. Sie machte sich sehr wohl Sorgen, als der Schulbus eine Panne hatte. Sie tat so, als ob alles bestens wäre, und benahm sich total organisiert und effizient, aber sie zupfte die ganze Zeit so heftig am Saum ihres hellrosa Pullis, dass er anfing aufzuribbeln, und sie zog ihn nie wieder an.

Sie würde mich in den Arm nehmen, wenn ich sie lassen würde. Sie hat es mehrfach versucht. Ich bin diejenige, die immer zurückweicht. Weil ich nicht will, dass sie mir zu nahe kommt. Ich will nicht, dass sie wie eine echte Mutter zu mir ist. Weil sie nicht meine Mutter ist.

Ich habe mich so lange an die Hoffnung geklammert, meine richtige Mutter zu finden. Jetzt glaube ich nicht mehr, dass ich sie noch finden will. Sie ist diejenige, die keine richtige Mutter war.

Ich rufe die Vermittlung an. Ich nenne ihr Marions Nummer. Sie fragt Marion, ob sie den Anruf annimmt. Und dann sprechen wir miteinander. Na ja, ich kann nicht richtig sprechen, weil ich so viel weinen muss.

»Oh, Marion, es tut mir so Leid, es tut mir so furchtbar Leid ...«

»Geht es dir gut, April?« Marion klingt verzweifelt.

»Ja, ich bin okay. Mir sind die unglaublichsten Sachen passiert. Aber ich hätte dich anrufen sollen, ich weiß. Hast du dir wirklich richtig Sorgen gemacht?«

»Natürlich habe ich das! Ich habe sogar schon die Polizei eingeschaltet.«

»Oh nein! Sind sie hinter mir her?«

»Sie suchen nach dir, du dummes Kind. Um dich sicher und wohlbehalten nach Hause zu bringen. Wo bist du bloß gewesen? Ich habe Cathy und Hannah angerufen und alle, die mir einfielen ... ich habe mit Elaine gesprochen ... und ihr von unserem Streit heute Morgen erzählt.«

»Es tut mir Leid, Marion. Ich war so gemein und undankbar. Es sind wunderschöne Ohrringe.«

»Weißt du was? Heute Morgen bin ich schwach geworden und habe dir trotz allem ein Handy gekauft.«

»Oh, Marion!«

»Aber ich weiß nicht, ob ich es dir noch geben soll – obwohl ich dann immerhin anrufen könnte, um zu wissen, wo du steckst. Du hast mich heute in den Wahnsinn getrieben, April.«

»Tut mir Leid. Ich hatte es nicht so geplant. Ich habe immer nur an die Vergangenheit gedacht und an meine Mutter, die mich in die Mülltonne geworfen hat und – oh, Marion, rate mal, was passiert ist!«

Sie zieht scharf die Luft ein. »Deine Mutter? Du hast sie gefunden?«

»Nein. Nein, ich habe Frankie gefunden, weißt du, der mich aus der Mülltonne geholt hat.«

Ich erkläre ihr, dass er mich im Pizza Place treffen will. Marion macht einen großen Wirbel und schreibt sich seine Nummer auf und besteht darauf, dass sie auch kommen wird.

»Aber das dauert ewig, und du hörst dich schon so müde an.«

»Das bin ich auch!«

»Es tut mir Leid, Marion.«

»Und es wird dir vermutlich noch mehr Leid tun, wenn ich erst mal mit dir fertig bin!«

»Ich wette, du wünschst dir, du hättest mich nie in Pflege genommen.« Plötzlich erstarre ich. »Hast du deshalb mit Elaine gesprochen? Willst du mich wieder loswerden?«

»Oh, April! Natürlich will ich das nicht! Du gehörst zu mir.«

»Du auch zu mir«, sage ich.

Marion weint, als wir uns verabschieden.

Ich trockne mir die Augen, putze mir die Nase und gehe zum Pizza Place. Ich denke an meine Mutter, die vor vierzehn Jahren hier entlanggestolpert ist, kurz vor meiner Geburt. Es kommt mir schon ganz unwirklich vor.

Ich weiß nicht, ob sie so ist, wie ich sie mir vorstelle. Sie könnte irgendeine Frau sein. Ich könnte im Bus neben ihr sitzen oder in einem Laden an ihr vorbeigehen, und keiner von uns würde es wissen. Vielleicht ist es dumm zu glauben, dass eine Mutter so wichtig ist, wenn die Geburt das Einzige ist, was einen verbindet.

Es ist seltsam, wie ich sie all diese Jahre geliebt habe. Vielleicht hätte ich sie dafür hassen sollen, dass sie mich in die Mülltonne geworfen hat. Ich weiß, dass ich das nie mit meinem eigenen Baby tun würde, egal, was passiert wäre. Ich würde es behalten und lieben und festhalten. Ich würde für mein Baby eine Mutter sein.

Ich habe keine Mutter. Aber eines Tages kann ich die Mutter für mein Kind sein.

Eine richtige Mutter.

Ich betrete den Pizza Place. Der Ober lächelt mich an, führt mich zu einem Tisch und fragt mich, ob ich allein bin.

Ich zögere.

»Meine … Familie kommt noch«, sage ich.

Beenden wir die Geschichte mit einem Neuanfang.

»Das ist so komisch, April! Ich habe das Gefühl, als ob wir uns wirklich gut kennen«, sagt Frankie.

»Ich weiß. Für mich ist es genauso. Ich kann nicht glauben, dass das hier wirklich passiert. Ich habe mir schon so viele Sachen ausgedacht. Besonders über den Tag meiner Geburt.«

»Also, ich war da. Ich erzähle dir davon, jede Einzelheit. Ich kann mich noch an alles ganz genau erinnern, weil es der merkwürdigste Tag in meinem Leben war – und der schönste Tag. Meine kleinen Jungs bedeuten mir alles auf der Welt, aber irgendwie hatte ich nicht dasselbe Gefühl, als ich sie zum ersten Mal im Arm hielt. Du musst sie kennen lernen und meine Frau auch.«

»Und du musst Marion kennen lernen, meine Pflegemutter.«

»Macht es ihr nichts aus, wenn wir jetzt in Kontakt bleiben?«

»Natürlich nicht.«

»Und wir werden deinen Geburtstag immer zusammen feiern?«

Ich nicke eifrig. Ich bin so glücklich – aber ich muss schon wieder weinen. »Tut mir Leid. Es ist hoffnungslos. Ich weine ständig.«

»Wenn du damals nicht geweint hättest, als du in dieser Tonne stecktest, hätte ich dich niemals gefunden. Du hast dir damit selbst das Leben gerettet, April.«

Dann nimmt er meine Hand und erzählt mir genau, was an diesem ersten Tag meines Lebens passiert ist. Er erzählt mir, wie ich aussah, wie ich geweint habe, wie meine kleine Faust sich um seinen Finger schloss. Er gibt mir mein Baby-Selbst zurück. Eine winzige Geschichte. Meinen Anfang.